▲ 池江老师在"2010最前沿国际全脑潜能开发讲座"中演讲

◀ 池江老师在演讲

▶ 博文小智星生日PARTY

◀ 第十二届国际玩具及幼教用品展览会

▲ 孩子们在专心致志地做记忆游戏

▶ 老师在带领小朋友们做训练

◀ 老师在课堂上为孩子们做闪卡训练

▶ 老师在为孩子们做空间感训练

▲ 小朋友们在做记忆游戏

◀ 全脑潜能开发课堂

# 儿童全脑开发

北京博文智星国际全脑教育机构　组织编写

亚洲全脑潜能开发第一任导师池江俊博　推荐

 化学工业出版社

·北京·

本书结合儿童全脑开发的研究成果和国内外先进经验，将抽象的儿童全脑开发理论与多年实践经验进行了有机结合，分别从父母是天才的培养者、掌握全脑开发的关键、激活左右脑的五大法宝、挖掘孩子的潜在能力、培养天才儿童的右脑游戏、游戏是孩子最好的课堂等六个方面，详细阐述了父母对于儿童全脑开发过程中的重要作用，并通过真实的案例对于抽象的理论加以验证。

　　书中还详细介绍了诸多适合儿童全脑开发以及右脑游戏，使读者能够一目了然地对于儿童全脑开发有科学的认识和理解，并能将书中的游戏以及训练方法加以应用和实践。本书适合幼儿父母、早教工作者以及对于儿童全脑开发有兴趣的人士阅读。

**图书在版编目（CIP）数据**

　　儿童全脑开发/北京博文智星国际全脑教育机构组织编写. —北京：化学工业出版社，2010.11
　　ISBN 978-7-122-09477-3

　　Ⅰ. 儿…　Ⅱ. 北…　Ⅲ. 智力游戏-儿童读物
Ⅳ. G898.2

　　中国版本图书馆 CIP 数据核字（2010）第 176062 号

---

责任编辑：郭燕春　　　　　　　　　装帧设计：尹琳琳
责任校对：战河红

---

出版发行：化学工业出版社（北京市东城区青年湖南街 13 号　邮政编码 100011）
印　　装：化学工业出版社印刷厂
880mm×1230mm　1/32　印张 5　彩插 2　字数 79 千字
2010 年 11 月北京第 1 版第 1 次印刷

---

购书咨询：010-64518888（传真：010-64519686）
售后服务：010-64518899
网　　址：http://www.cip.com.cn
凡购买本书，如有缺损质量问题，本社销售中心负责调换。

---

定　　价：12.00 元

  "这孩子真聪明。"相信每个家长听到这句夸赞自己家孩子的话时，心中都会感到由衷的高兴。毕竟智慧是父母能给予孩子的最好礼物，哪个父母又不是望子成龙、望女成凤呢？随着时代和科学的进步，对于儿童智力发展和早期教育的研究跨入了新阶段，人们不再仅仅片面地停留在对孩子学习成绩关注的层面，更加关注为孩子寻求能够受益一生无形而又宝贵的财富。

  毋庸置疑，家长在孩子成长的过程中扮演着重要的角色。对于每一个孩子来说，教育是一个持续的过程，虽然在个别人身上没能出现立竿见影的效果，但不可否认的是在潜移默化中，会逐渐对孩子的行为与性格产生重要的影响。

  曾有人说过，一个成功的育儿高手的秘诀就是不要消极地看待自己的孩子，要充分地表扬孩子、赞赏孩子。每个孩子的潜意识中，都是希望得到家长的称赞和表扬的。如果家长给予孩子充分的赞赏，孩子就会顺利成长，变得既天真又可爱。

  让孩子集智慧与才能于一身是每个家长心中的愿望。如何才能让孩子成为集智慧与才能于一身的人，取决于家长对于孩子教育问题上是否有正确的认识并能科学地付诸实践。

每一个孩子都有自己特有的思维方式。例如孩子处于一个不愿意说的思维中时，如果家长却强迫孩子去表达，那么，越是给孩子心理上施加压力，孩子就会越紧张、抵触，甚至逆反："我就是不想说。"而如果家长换一种心态，站在孩子的角度，给孩子一个机会去适应，给孩子多一些的积极鼓励，相信孩子会慢慢地有不同程度的改变。

全脑教育的理念是每个人都给孩子传达爱。有的家长会认为自己已经按要求做了，却迟迟看不到孩子能力的发展，没有达到自己的目标。如果家长有这样的想法就会给孩子无形中施加了压力，一有压力，我们的教育就失去了本来的目标，也失去了其应有的效果。没有任何压力，快乐舒展的做法才是真正的心灵教育！家长能够做到快乐地培养，快乐地给予爱，就是非常成功的心灵教育。当孩子上小学后，家长如果能告诉孩子："与考试成绩相比，能够帮助别人更重要。"这样正确的教育理念会培养出心理与能力都更出色的孩子！

## 第三章　激活左右脑的五大法宝

## 第四章　挖掘孩子的潜在能力

## 第五章　培养天才儿童的右脑游戏

## 第六章　游戏是孩子最好的课堂

# 本书编写人员名单

(按汉语拼音排序)

陈建军　　陈丽娟　　崔雪梅　　顾　勇

郝云龙　　孔劲松　　苗　慧　　王黎丽

王颖超　　魏晓佳　　徐　琳　　赵　夏

周立娜　　庄红丽

# 第一章

# 父母是天才的培养者

父母被看作是孩子的第一任老师。处于智力开发重要阶段的孩子能否健康成长都取决于父母培养孩子的态度与方法。孩子能否获得成功的教育以及必要的智力开发与每位父母密切相关。父母在孩子成长过程中的影响力是不言而喻的，这就给父母们提出了新的课题——如何树立正确的态度和通过科学可行的方式来培养自己关怀备至的孩子。

 **一、妈妈的态度决定孩子的成才**

人们都说女人最大的幸福是做了妈妈，但是随着孩子一天天长大，初为人母的喜悦也会被掺杂进诸多孩子成长所带来的烦恼。妈妈是孩子的第一任启蒙老师，教给孩子什么，孩子就会学到什么，妈妈对孩子的影响，言语上的、身体上的、精神上的……妈妈的一切会无声地影响着孩子今后的发展。每个妈妈有着影响孩子一生的力量。

在每个孩子的潜意识中都希望得到父母的认可。如果父母说话的语气或日常的态度能够满足孩子的这种愿望，就能够很好地调动起孩子的积极性，让孩子积极主动地去发挥自己，从而更好地锻炼自己。

右脑是爱的大脑，妈妈用心来教育孩子，在孩子的内心必然会引起感应。因此，妈妈心中怎样想，怎样去希望，孩子就会往妈妈想象的方向去发展。这种影响在年龄越小的孩子身上表现得越明显。比如，胎儿时期，如果胎儿感受不到妈妈的爱，就会表现出不安，出生后也容易缺乏安全感。如果准妈妈因各种原因而感到烦躁或心神不宁时，这种不安的情绪也会传达给腹中的胎儿。所以，在现实的生活中，如果妈妈传达给孩子的是消极情绪，认为自己的孩子"不聪明"或是"长得太丑了"，久而久之，孩子真的可能会变得不聪明、越来越丑。也就是说，孩子有出息也好，没出息也罢，其原因在于他们的妈妈，因为孩子呈现出的状态是妈妈教育的结果。

生活中，多数家长都会在教育孩子的过程中，有意或无意间对孩子采取消极的态度，甚至说一些带有负面情绪的话。在之后的教育过程中，家长们必须改变自己不正确的做法。"人之初，性本善"，没有任何一个孩子生下来就是一无是处的，任何的一个孩子都是天使的化身，都被赋予了一颗美好的心灵。每一个人都应该按照自己的意愿发挥自己的才能。虽然孩子与生俱来拥有一颗美好的心灵，但是一旦受到妈妈消极语言与态度的影响，便失去了他们拥有巨大潜力的心灵，无疑，这是令人被感到悲哀的。

只有家长采取积极的态度，才可能改变孩子的现状，改变不好的状况，使好的状况变得更加完善。如果妈妈传达给孩子的信息是"我的宝宝最聪明了！""我的宝宝一定可以做好！""我的宝宝最善良了。""我的宝宝最孝顺了。"那么，孩子自然会朝着这个积极的方向前进，一点一点地，一个身体健康、心智健全的孩子就被培养出来了。

人类所拥有的精神力量可以对人体施加不可估量的影响。心情愉悦地度过每一天，副肾皮质激素就会分泌良好，它们进入到血管和内脏中，便可以使身体的各个器官正常工作，并且使它们具有非常旺盛的持久力。这就是说，心理的变化会引起身体上的变化，这就意味着要改变一个人，并不是那么难。妈妈的一个小小的心思，一句简单的话足可以影响并改变孩子的面貌。

下面这个故事来自于课堂上老师的发现，希望这位老师的细心观察和正确的做法给您启发。

小晖（化名）第一次来到博文智星的时候已经5岁了，可他妈妈觉得他却远远没有达到5岁孩子的语言表达能力以及动手能力。老师发现他在课堂上的确表现不佳，但同时发现了一个更严重的问题，妈妈经常会坐在后面给孩子传递不好的暗示。比如说，"唉，你怎么这么笨呢，连这个都不会弄啊？应该是这样子的……"这时候家长一把抓过来孩子手中的东西就开始给孩子示范，孩子这时候肯定不高兴啦，就开始想哭，不愿意再继续做下去。老师看见此状想帮助孩子，这时妈妈说话了："他肯定不愿意做，他闹起来就这样，谁说什么都不听。"当家长给孩子这种消极的暗示时，孩子就会朝着家长说的方向走，妈妈说孩子不会做、不会听别人说，那孩子听到后肯定也就如此了。

通过与这位家长耐心沟通不难发现，家长是孩子最好的老师，每天都陪在孩子身边，一言一行都影响着孩子的成长。家长教导孩子的话语和技巧也需要学习，要给孩子正面的积极暗示，比如当孩子说做得不够好或自己不会做的时候，家长应该说："妈妈相信你会做到的，相信你是最棒的！我们一起来想办法解决这个问题。"

如果遇到孩子使性子闹脾气，要尽量不去打搅他，让他自己逐渐平息，或者转移他的注意力，让他感兴趣于其他的事物。过后再告诉孩子："妈妈很喜欢你，妈妈很爱你。但是，你刚才的这种行为很不好，妈妈不喜欢你这样做，以后有什么事跟妈妈商量才好。"

通过相互交流，家长很快意识到自己消极暗示的做法不对，及时改正了方法。由此，孩子的变化很快，课堂上表现出很大的进步，不仅很听话，很讲道理，也表现得越来越活跃。

通过上面的故事我们看到，家长的态度决定孩子是否成才。家长要相信自己的孩子，常常给予孩子鼓励，但不是滥鼓励、滥肯定，相信您的孩子不会再是"问题小孩"！

下面我们再来看一个由老师讲述的关于梦梦小朋友的故事。

### 主人公：梦梦 4岁 女孩

梦梦是刚刚入园的一个孩子，我们班级一共有5个孩子，梦梦是班级里唯一一个坐不住的孩子。拿着玩具随便

在教室里乱跑，还很固执地占着某些东西，不肯放手。看起来好像梦梦一点都不喜欢教室这个地方。其他的孩子都"老师，老师"地叫，可是梦梦基本上是不怎么跟我说话，也从来不与我对视。

梦梦和妈妈的关系也不很好，两个人一到教室里，梦梦总是转来转去，很吵闹。梦梦的妈妈就责骂她，梦梦依然不改，妈妈就继续责骂她。梦梦要是还不改，妈妈就会用手指去敲她的头。梦梦在被妈妈责备的时候则是一副毫无表情的样子，甚至连眉毛也不会蹙一下。看来她是将自己的心灵紧紧地封闭起来了。

课程结束后，我与梦梦的妈妈进行了一次沟通。

我认为梦梦什么都是很明白的，只要能治好她心灵的病，她一定能发挥出优秀的才能。所以我告诉梦梦的妈妈，无论任何时候首先是要改变对孩子的消极态度。

和梦梦慢慢熟悉以后，我抱起梦梦跟她说话的时候，梦梦会很安静地去倾听，而且可以很好地去配合。在课堂上梦梦有时候不是很配合，但在这个时候我会去告诉梦梦或是让妈妈告诉梦梦"你是可以做得很好的，梦梦是一个很棒的孩子"。这个时候梦梦会很安静地坐下来和我一起来上课。时间过得很快，经过半年的时间，梦梦可以和其他小朋友一样安安稳稳地坐下来和我一起上课了。

孩子是家长生命的延续，孩子点点滴滴的进步也好，孩子错误的转变也罢，都是家长所关心的。如果家长没有好的方法，没有正确的认识和观念，家长和孩子的处理方式就会出现问题，这也就是经常提到的"代沟"问题。有专家就指出，代沟问题是现实存在的，家长应该正确认识，力求摆正心态，家长要学会试着去站在孩子的角度想问题，了解孩子现在在想什么。家长努力创造条件，填平家长和孩子之间的鸿沟，学会和孩子做真正意义上的朋友，走进孩子的世界，走进孩子的心灵，成为他们的朋友。

## 二、 母子间信赖关系的建立

孩子的内心情感归属对孩子的成长是至关重要的，这是一个长久而又常新的话题，情感的力量在婴幼儿成长中的作用是无法计算的。

亲子关系的建立对孩子而言尤其重要。妈妈与孩子的密切接触，通过身体、语言等的交换，会让孩子产生本能的迷恋感，也会让妈妈产生一种本能的维护性命和庇护性命的感受。这对孩子来说，是一种本能的需要，仿佛是饿了的时候要吃食物一样。

幼儿教育专家指出"建立母子之间的信赖关系"在育

儿过程中是最重要的。父母在教育孩子之前必须要让孩子知道，父母爱他。

对于养育孩子来说，有的父母认为是很快乐的一件事，而有的父母则认为他们压力过大，并不快乐。日前，在北京以0～6岁孩子的妈妈为对象的一项调查结果显示，90%以上的妈妈都认为育儿是不快乐的。养育孩子本是一件非常快乐的事情，父母曾经期盼着孩子的出生，无数次在心中勾勒过宝宝的小模样，带着感恩的心情迎来了孩子的降生，对孩子的成长寄托了无数的希望和梦想。可是现实的生活总不是那么完美，孩子的哭闹让妈妈耗费了大量的精力和体力，妈妈不得不渐渐地"被迫失去自我"，开始忍受着很多的压力和辛劳。有的妈妈甚至不堪重负而出现产后抑郁等症状。但也有少数妈妈认为，养育孩子是快乐的。

如果感到养育孩子是快乐的，就说明妈妈和孩子之间已经建立起了信赖感。妈妈和孩子之间该如何建立信赖关系呢？就是要在养育孩子的过程中，让孩子从父母那里获得充足的爱。妈妈必须学会如何向孩子表达爱。孩子有时候会表现出哭闹不停、不听爸爸妈妈的话，这都是需要父母爱的一种暗示。只要父母善于向孩子表达爱，孩子就会信赖父母，把自己托付给父母。母子之间的信赖关系是通过父母向孩子巧妙地表达爱而建立起来的。

父子关系也是孩子情感和心理健康发展的必备因素。儿童心理学研究发现，父亲积极参与抚养子女，使孩子在享受母爱的同时，也能得到父爱，有助于增进孩子情感的健康发展。作为父亲尤其应该重视自己在与孩子交流中的重要性，改变认为养育孩子只是母亲的事的传统观念。适度的父爱对孩子健康发展，尤其是培育他们坚毅、刚强的人格品德至关重要。

　　作为父母要把爱合理地放在孩子身上，不溺不宠、不娇不惯，给孩子以适度的爱，做到有情感、有理智，才会产生积极的效果。家长应该认识到，任何一个孩子在潜意识里都有一种期盼得到家长肯定、表扬和关爱的愿望，如果家长能够对此给以满足，孩子就会对家长产生绝对的信赖感；家长对孩子充分信任，孩子就会自我控制，认真地听从家长的意见。

## 三、多和孩子说说话

　　听懂大人的话是孩子学会说话的前提，训练宝宝的听话能力，越早越好。

　　从宝宝出生的那一刻起，父母就要多和宝宝说话，为宝宝创造丰富的语言环境。研究表明，出生不到 10 天的婴

儿就能区别语音和其他声音。5个月的宝宝能辨别出母亲的语音和其他人语音的差别。经常和宝宝说话,能引起宝宝对语言的兴趣,较早地听懂大人们的语言。

宝宝哭闹时,妈妈边走过来边说:"宝宝不哭啊,妈妈来啦!"

妈妈抱起宝宝亲切地说:"宝宝饿了,宝宝要吃奶,妈妈现在就喂奶。"

孩子吃奶时,妈妈又说:"宝宝慢点吃,别呛着了。宝宝吃得真香啊!"

孩子常听到妈妈亲切的话语,头脑中就留下了印象,以后饥饿、哭闹时一听到妈妈的说话声就会停止哭闹,等妈妈来喂奶。

宝宝7个月时,妈妈就应该开始要教宝宝认识生活中常接触的事物了,如床上的物品、餐具、家具、食品、家用电器、玩具等。孩子能听懂的词越多,听话能力就越强。

具体方法是:妈妈反复地说出来某物体的名称,并用手指给孩子看,使孩子把语言与实物联系起来。例如大人指着小闹钟说:"这是闹钟、闹钟。"让宝宝摸摸闹钟,大人继续说:"宝宝摸闹钟。"经过几次训练,大人问宝宝:"闹钟在哪里?"宝宝就会指着小闹钟,嘴里发出模糊的声音,这表示宝宝已听懂这句话了。

宝宝七八个月时，妈妈边说某个词，边手把手地教宝宝做相应的动作。例如妈妈把着宝宝的手做拍手动作，并发出"欢迎、欢迎"的词语，以后妈妈边拍手边说"欢迎"一词，宝宝就会不需看妈妈的动作，主动地拍手了。

又如早晨妈妈在给孩子穿衣服时，可以同时对孩子说："宝宝，把手伸进袖子里，真能干！""穿鞋子了，小脚用劲蹬。"孩子起初可能听不懂，不能配合妈妈的话，妈妈可以帮助孩子做动作。某句话经常与具体动作结合，宝宝头脑里就建立了暂时神经联系，能根据妈妈的语言做相应动作了。

总之，只要父母抓住宝宝日常生活的各个环节多和孩子说话，1岁前的孩子就能够听懂许多话，从而为孩子以后学说话打下良好的基础。

下面我们来听听博文智星的刘老师讲一个在教学中碰到的故事。

曾经有一个这样的家长，他认为自己的孩子小红（化名）不喜欢说话，在大家面前不敢表现，总是喜欢一个人玩，希望在博文智星能够改变她的性格。小红是个很可爱的小女孩，但见老师的第一面就往家长后面躲，第一次试听课也不愿意做自我介绍。老师上课给予了很大的鼓励，到后来才慢慢活跃起来。

课后与家长沟通才了解，由于家长工作太忙，没时间陪孩子一起玩，更没时间陪孩子说话，就算到周末了，也只是买些玩具，让孩子自己玩，这样孩子只是玩，没有表达她自己的想法和思想的机会，语言发展就比较慢。其实，如果这个时候有家长在一旁指导，引导孩子用语言表达想法，无意识的状态下就能教会孩子很多语言，也会让孩子的性格变得更加开朗，活泼。比如家长经常带孩子出去郊游，这样既能开阔孩子的视野，又能让孩子接触到不同的人，在跟别人或不认识的小孩子接触的过程中，锻炼孩子的胆量和勇气。

和家长通过沟通，家长也觉得有道理，决定就算自己辛苦点、累点，也不能错失孩子发展的关键期。家长感觉到孩子来到博文智星上课，不仅是教给孩子知识，开发孩子能力，也是在给予家长先进的教育理念，让每天与孩子朝夕相处的爸爸妈妈们了解如何教育幼儿、如何开发孩子潜能的方法。

小红在后来课堂上表现得非常出色，这也是家长配合老师工作的结果！在此也对家长表示感谢！

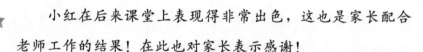

## 四、赞扬和爱的力量

鼓励孩子可以是口头上的表达，也可以是非语言的表情和动作，如默默地注视、点头、微笑、拍拍孩子的肩膀、握着孩子的手等。为了让妈妈们掌握鼓励的技巧，下面向妈妈们介绍几种鼓励孩子的常用语。

### 1. "妈妈很高兴……" "妈妈很欣赏……"

"妈妈很高兴看到你快乐学习的样子。"

"妈妈觉得你很喜欢学英语。"

"妈妈很欣赏你的做事方式。"

这些都是表达接纳孩子的话语。也许有妈妈会问，孩子表现出好行为时，我们可以这样鼓励孩子，但当孩子的行为让我们并不满意时，我们又该如何鼓励孩子呢？

这时，妈妈可以这样鼓励孩子：

"妈妈爱你，但妈妈不喜欢你这样做。"

"看起来你对妈妈处理这件事情的方式并不满意，能说说你的看法吗？"

"我虽然不赞同你那样做，但妈妈想你有你的理由，可以让妈妈知道吗？"

一位研究亲子关系的专家曾这样说过："妈妈可以不同意或不赞同孩子的某种行为，但不可以不接纳孩子本身。"

这句话是什么意思呢？接纳孩子本身与接纳孩子的行为又有什么样的关系呢？我们可以通过故事来说明。

一家人正在客厅里聊天儿，忽然，这家的两个小孩子因为一点小事吵了起来，影响了大家聊天儿。这时，妈妈并没有着急，而是心平气和地对他们说："很抱歉，孩子们，你们的吵声影响了我们聊天儿。"

"给你们两个选择，是安静地看电视，还是你俩到各自的房间里去玩？你们决定。"

这位妈妈接纳了孩子，但并没有赞同孩子的行为，这种做法表达了妈妈对孩子的尊重，同时又有利于维护家庭秩序。

妈妈可以不赞同孩子的行为，但绝不可以不接纳孩子。如果妈妈不接纳孩子，在妈妈眼里孩子的所有行为都是不好的行为，妈妈就会用责骂等不尊重孩子的方式来对待孩子。所以，接纳孩子是鼓励孩子的一个重要前提。

### 2."其实你想说些什么？""你真的这样认为吗？"

在很多时候，孩子会因为生气或太过激动而变得情绪失控，他们无法清楚地表达自己的感受，只会很生气地大喊："我讨厌你！""你是坏蛋，我不喜欢你！"其实，这很有可能不是孩子的真实感受，也许在生气的那一瞬间，孩子的小脑袋里能够想到的词就有这些了。在这个时候，妈妈就应该帮助孩子了解和表达自己的情绪，妈妈可以心平气和地这样问孩子："你其实想说什么？""你真的不喜欢妈妈吗？"

此外，妈妈也可以给孩子一些参考答案，如"你是不是因为小朋友弄乱了你的玩具而生气呀？""你是不是因为妈妈不给你买小汽车而不喜欢妈妈呀？"……这样，孩子就会一点一点了解自己的内心感受，并学会表达自己的感受。对待孩子的这种负面感觉，妈妈最应该做的就是认同孩子的感受。

## 3. "你对自己的表现满意吗？"

在很多时候，孩子并不能全面地认识自己的表现，常常会很片面地评价自己的表现。这时，妈妈需要做的就是引导孩子客观、全面地认识自己。

孩子沮丧地对妈妈说："妈妈，我今天的表现简直糟透了。"

妈妈："噢？是什么事让你感觉这么不好呀？"

孩子："今天老师提问问题，我举手了，但最终我没有回答正确。"

妈妈："这确实让你很没面子，但你不觉得能够积极踊跃地回答老师的问题，也是你的一种良好表现吗？"

孩子："是呀，妈妈，我怎么就没有想到呢？"

孩子是很容易接受妈妈的评价的。妈妈客观、全面的评价能够使孩子正确认识自己，从而能够用积极、乐观、不骄不躁的态度去对待学习和生活。

当孩子对自己的表现不满意时，妈妈要努力寻找孩子的优点，让孩子看到希望；当孩子流露出骄傲的情绪时，妈妈要帮孩子客观地分析他（她）的表现，让他（她）认识到自己的不足。例如——"谈谈你对这一学期学习情况的评价，你认为做得好的方面有哪些，做得不好的方面有哪些？"

"你对这篇作文的评价很高，能说说它的'亮点'在哪里吗？不足之处又在哪里呢？"

"你对自己今天的表现很不满意，你认为自己有哪几点做得不够好？"

### 4. "我相信你能……"

妈妈的态度在很大程度上影响着孩子认识自己的态度。一位儿童心理学家曾说过："妈妈眼中的孩子是坚强的、勇敢的、乐观的、有能力的，那现实中的孩子就真的是坚强的、勇敢的、乐观的、有能力的。"

【反例】孩子向妈妈抱怨说："妈妈，今天老师留的作业太多了！"妈妈说："一点儿也不多，你又想偷懒是吗？从现在开始做，睡觉前一定可以做完了。"孩子心想："妈妈就会逼我做作业，我偏不去做!"

【正例】 孩子向妈妈抱怨说:"妈妈，今天老师留的作业太多了!"妈妈说:"今天老师留的作业是多了点，但妈妈相信你一定会做完。"孩子心想:"妈妈如此看得起我，我一定要把作业做完。"

生活中，大多数的妈妈给孩子的信任都太少了，她们常常这样对孩子说:"你是不是又偷偷出去玩了?""你根本没有能力解决这件事情!"……在这种环境下成长起来的孩子，除了喜欢故意与妈妈作对之外，还有可能使自己的心灵陷入深深的自卑之中。而在妈妈的信任中长大的孩子则不同，他们相信自己的能力，喜欢与妈妈交流，他们能从与妈妈的交流中得到鼓励和力量，他们与妈妈是最好的朋友。

其实，不管孩子的能力如何，任何一位妈妈都应该相信自己的孩子，如果连你都不相信孩子，你又指望谁来信任他(她)、提升他(她)的能力呢?孩子出色的能力，都是被妈妈的信任和鼓励激发出来的。例如，以下鼓励的话语，就是妈妈们必须掌握的:

"我对你的能力有信心!"

"我相信你会尽力把这件事情做好的!"

"你讲得很有道理，都把我说服了!"

"这个问题有点儿难，但我相信你有能力去解决它！"

"今天的作业是多了点儿，我相信你一定会做完！"

"我知道你为此付出了很大努力！"

【反例】 孩子考了100分，妈妈对孩子说："考了100分，你真是个好孩子，妈妈为你而感到骄傲。"孩子心想："今天我考了100分，所以我是妈妈的好孩子；如果下次我没有考100分，我将一无是处。"

【正例】 孩子考了100分，妈妈这样对孩子说："你考了100分，妈妈知道你是通过这段时间的努力得到的，你是个好孩子，妈妈为你的努力而感到骄傲。"孩子心想："为了不辜负妈妈对我的期望，我还会继续努力的。"

同样是鼓励，但妈妈的侧重点不同，所产生的鼓励效果也会明显不同。

如果妈妈只盯着最后的结果看，那孩子就会产生这样的想法：如果我成功了，我就会成为妈妈最棒的孩子；但如果我失败了，我将一无是处。在这种心理影响的推动下，孩子会害怕失败，而且还有可能为了达到目的，而不择手段地做出欺骗妈妈的行为。

但如果妈妈注重孩子的努力和进步则会产生截然不同的结果，妈妈为孩子的努力而感到自豪，孩子也会更加重视努力，从而心甘情愿地去继续努力。

例如，下面这些鼓励的语言对孩子有很大的鼓励作用。

"虽然你暂时没成完成这个任务，但我知道为此你下了很大的工夫。"

"我能了解你为此而付出的努力。"

"与上次相比，你的英语成绩提升了很多！"

"我发现你比以前细心多了。"

### 5. "我能看得出，你在……方面很有天赋！"

"我能看得出，你对电脑很擅长。"

"我很欣赏你写的作文。"

"你帮了我的大忙，没有你我真不知道该怎么办。"

"这件事你帮我完成得很出色，我看得出你很有创造才华，谢谢你！"

强调孩子的优点，孩子就会用乐观的心态看世界；强调孩子的优点，孩子的缺点也会变成优点；对孩子表示真诚的谢意，孩子能从妈妈的谢意中感受到尊重；对孩子表示谢意，孩子会从妈妈的谢意中解读出动力和鼓励。

以上几种鼓励的用语，妈妈可以举一反三地运用。如果妈妈能够一直坚持，相信用不了多长时间，孩子的信心就会一点点增强，孩子的表现就会日趋进步。

但值得妈妈们注意的是，在鼓励孩子时，要避免使用

一些使鼓励大打折扣的话。

孩子通过努力，终于考得了好成绩，拿着很满意的成绩单回家了。这时，妈妈想鼓励她，于是这样对他说："看，努力总是有成果的，现在你应该知道过去考不好的原因了吧！"

孩子听了妈妈的话，刚才高兴的情绪消失了，整个人立刻蔫了下来。

很显然，如果妈妈带着很强的功利心去鼓励孩子，那鼓励也会变成指责和批评。

另外，很大一部分妈妈在鼓励孩子时，仍然不忘自己以前的教育方式，喜欢在鼓励的话后面，再加一些画蛇添足的话。然而，她们不知道，这些画蛇添足的话，会令孩子感到很气馁。例如：

"你确实进步了不少，如果你花更多的时间去努力，不是进步更快吗？"

"你的电脑学得不错，如果你学习能学成这个样子就好了。"

"这个字写得真漂亮，如果其他字都像这样就好了。"

……

这些画蛇添足的话，表现出了妈妈强烈的功利心，这会使妈妈先前的鼓励变得毫无意义。

下面是苗老师讲述的豆豆的故事，相信家长朋友看过之后会更体会到，赞美和爱的力量在培养孩子过程中的积极作用。

豆豆参加全脑潜能开发的课程时只有 2 岁。孩子们 6 个人一个班，豆豆是班里唯一一个不安静的孩子。她喜欢把玩具到处乱扔，还很固执地霸占着某些东西，不肯放手，有时还在教室里大叫起来。别的孩子都喜欢老师、老师……这样叫我，但是豆豆很少和我交流。我发现，豆豆和妈妈的关系也不是很好，和妈妈一起来到教室，豆豆总是很吵，妈妈就会责骂。我和豆豆妈妈沟通过一次，但是她一直认为管教孩子就必须严厉，开始的时候怎样也不能接受"赞扬、肯定和爱会使孩子改变"的说法。

但是我相信豆豆是一个可以安静下来的孩子，我告诉豆豆妈妈要改变对自己孩子消极和否定的态度。刚开始来上课的时候，我和豆豆打招呼，豆豆就是不理睬我。但我细心地发现这个孩子好奇心很重，总有些好玩的玩具可以吸引他，每次他完成一个玩具的拼摆时，我都会表扬他、夸奖他，并且给他爱的拥抱。虽然刚开始的时候，豆豆表现得有些反抗，但是慢慢地不抗拒了，有的时候还会对我笑。孩子的细微变化，细心的豆豆妈妈是看在眼里的，逐渐地豆豆妈妈的态度开始改变了，也不再像原来那样对豆豆态度生硬了。记得有一次豆豆妈妈和我说，在家里，豆豆主动帮助妈妈收拾屋子，妈妈表扬了他，并给了他拥抱，豆豆开心极了，以后每次他都会主动地帮助妈妈做一些事情。来上课的时候也会主动和我打招呼，和我做课程中的游戏。豆豆所表现出来的一点点变化，让豆豆的妈妈改变了原来的看法，她说："赞扬和爱是给孩子最好的鼓励和支持，也是给孩子最大的力量。"

## 五、 传递爱的8秒钟拥抱法

通过上面的故事不难发现，给孩子一个拥抱是父母向孩子表达爱的一个简单的动作，也是向孩子表达爱最有效的办法，仅仅需要父母做到的就是"紧紧抱住8秒钟"。所谓紧紧抱住8秒钟，就是用8秒钟的时间紧紧抱住孩子，在孩子的耳边轻声说："妈妈好喜欢××啊！"妈妈们很多时候都会采用这种方法，它对于建立母子之间的信赖关系有很大的帮助。

只要采用"紧紧抱住8秒钟"这种方法，不论以前是调皮好动的孩子，还是不听话、倔犟的孩子，都会马上变得温和安静，养育孩子也就变成了一件轻松的事情。

育儿的关键是父母向孩子传达爱。只要能够把父母的爱正确地传达给孩子，孩子就会变得温和，教授任何东西孩子都能迅速吸收。

相反，如果不能很好地把爱传达给孩子，父母说的话就不能进入孩子的内心，孩子的接受能力也会很差，怎么教也看不到丝毫进步。

# 六、互动游戏

为了更好地让家长了解怎样和孩子交流沟通、互动，一起来看一下下面有趣的互动游戏。

**玩具名称：多彩立体积木**

玩具特点：根据2～7岁孩子的生长发育特点，让孩子通过对各种颜色积木的摆放，逐步建立孩子从平面图形到立体图形的概念，在提高孩子创造力的同时，培养孩子手部精细动作的能力，促进脑神经元的发展，在孩子拼摆的过程中培养孩子的位置感、图形感、立体感、数量感等。

**玩具之玩法一：让孩子自由地玩**

游戏玩法：刚开始的时候要让孩子充分地接触积木。孩子可以将积木横着摆开，或者往高处堆起来，或者拆开……也可以用相同颜色的积木摆成一排或者堆成一列，或将5种颜色全部用上等（见图1）。等孩子充分接触积木后，我

们再进行下一个游戏。

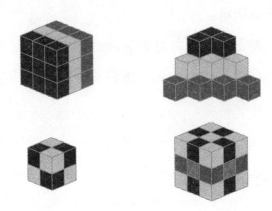

图 1

## 玩具之玩法二：平面基本图形

游戏玩法：先请孩子将卡片中出现的积木颜色和相应的块数拿出来，家长检查准确后给予相应的指导。在这个游戏中出现了摆的积木中间有间隙的问题，家长可以先帮助孩子把间隙的部分摆出来，并问孩子："这样可以吗?"（见图2）

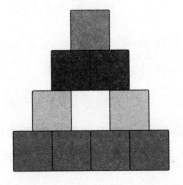

图 2

**玩具之玩法三：平面发展图形**

游戏玩法：还是先将所需要的积木颜色和块数拿出来，可以让孩子看着图片来拼摆，如果孩子遇到问题时家长要给予指导，可以辅助摆一下绿色的积木，让孩子感觉到父母的爱和一起游戏的快乐，摆放完后问孩子："这是什么图形呀？"（见图3）

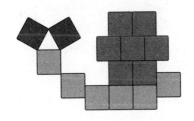

图 3

**玩具之玩法四：立体基本图形**

游戏玩法：还是先拿出相应的块数和颜色，这个是立体的图形，当孩子无从下手的时候，家长可以给予相应的提示，等到孩子理解熟悉后，再让孩子来操作（见图4）。

图 4

**玩具之玩法五：立体发展图形**

游戏玩法：同玩具玩法之四，拿出积木，这个需要家长和孩子一起来完成，增强孩子对立体图形的理解能力（见图5）。

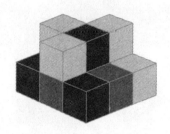

图 5

第二章

# 掌握全脑开发的关键

全脑开发是近年兴起的开发孩子智力的一种方法，正被越来越多的人所认知和了解。父母在孩子成长的过程中，首先应了解如何掌握全脑开发的关键之所在。0～6岁是孩子全脑开发的关键时期，也是家长应通过科学的方式对孩子智力进行科学开发的阶段。如何在这一重要阶段，对孩子的注意力、记忆力、语言能力等方面加以开发是家长需要重点了解和掌握的。

**右脑开发的关键期**

0～6岁这个阶段，是右脑最活跃的时期，也是孩子进行右脑开发的关键期。

最新研究表明：儿童的脑细胞组织到3岁就已经完成了60%，这时期的儿童脑部具有天才般的吸收能力。出生之后的最初几年是脑发育的关键时期，因此开发大脑潜能必须尽早。我们知道，出生时人脑有1000亿个神经元，之后不再增加。刚出生时孩子的大脑共有50亿个突触；出生后第一年，突触数目会增加20倍；3岁时大脑的大小即是成人的80%；4岁时，脑的代谢达到高峰，脑逐渐成熟，对能量的利用也更有效。这一年龄的孩子之所以会不停地动，是因为他们的大脑在不断获得信息，能量消耗比较大，需要的营养比成人要多，身体发育同时也加快。关注脑的关键期，开发脑能够达到事半功倍的效果，不遵循脑的关键期可能会事倍功半。脑的关键期就是在脑发育的成熟过程中，在某一特定的时期，它对某些事情特别敏感，脑开始特化，这时给予适当的刺激，脑就能够接受，如果没有特化，给予刺激也是没有多大作用的。比如，让1岁以内的宝宝认识很多字，宝宝的视觉系统还没有完全特化，这样达不到很好的效果。如果让较小的孩子接触数字，由于没有形成抽象的概念，让孩子理解数字也是不现实的。

当孩子发展到有了数字概念的关键期时，对脑的开发才能够达到事半功倍的效果。下面这个简单的例子能够说明这个问题，1岁的孩子可以尝试走路，但如果强迫半岁的孩子学走路，在一定程度上会给家长、孩子双方带来压力。关键期强调，人的阶段性发展，无论是从遗传、基因还是某种程序上来说，都要考虑功能开始出现的时期，然后给予适当的刺激，这就是关键期。其实常说的"不要让孩子输在起跑线上"这句话在某种程度上有些过头。潜能开发不是超前教育，而是要跟随孩子某一能力发展的关键期，不然就达不到效果。

0～6岁的孩子是右脑最为活跃的时期，也就是说，在左脑还没有完全运转的时候，孩子无法用语言来进行交谈和计算，此时，依靠右脑的运转进行图像式交流和计算。只有不追求理解和逻辑，向右脑输入超高速、大量的信息，才可能由右脑输出相应信息，才能激活右脑的各种潜能，让右脑发挥出卓越的记忆力和想象力。

为什么要开发右脑呢？先来简单看看大脑的构造。人脑分左右脑，是新旧皮质层的上下结构，右脑是旧皮质层，最早发育。从胎儿到6岁之前，都是以右脑活动为主。而

右脑开发其实就是启用人脑中一直被忽略的右脑潜能。0~12岁儿童的右脑潜能是人一生中最强大的时候,这个时期开发右脑的潜能将对孩子的一生造成重大而积极的影响。不开发,就只能单边使用左脑不到5%的大脑空间,这是极其可惜的。

右脑开发的主要目的在于开发儿童的学习能力,让孩子养成会学习、懂学习、爱学习的习惯。也就是培养学习能力、掌握学习方法、养成学习习惯的过程。一旦孩子能掌握学习方法,孩子的成长道路就会顺利很多,不需要家长催逼,自然学得好。而良好的学习习惯会让孩子朝良性方向发展,对成长有莫大裨益。

在一个人的成长过程中,孩子在6岁之前,右脑是他们思考的大本营,处于优势地位。正因为如此,这个阶段就成为开发孩子右脑的黄金时期。据研究表明,"相对于左脑的三次元性质的功能,右脑具有四次元以上的高次元功能。用简洁的方法来表达:大脑功能的次元越高,就越有能力发挥出更有高度的、更加复杂的能力。"如果父母能在这个关键时候指导正确,就会为孩子右脑的发育开拓出更为宽广的领域,从而使你的孩子智力更为超群。

右脑主管音乐、绘画、图形、色彩、映象、感悟、非语言的观念、空间认识、想象、创造、非理论的感性等。

右脑直接指挥身体左半部眼、耳、口、手、脚的运动；左脑直接指挥身体右半部眼、耳、口、手、脚的运动。身体左右部分的运动机能，也会促进相应半脑的发育发展。右脑是人类创新、想象的思维关键，具有韵律、想象、颜色、大小、空间、形态等功能，其职能负责较多的情绪处理，比较偏向直觉思考。

关于右脑的五大特征科学家做出了如下的总结：第一，右脑又称之为动物脑，人类遗传基因的全部信息都储存在其中；第二，右脑是无意识脑，如做梦、灵感一现、顿悟等都与它密切相关；第三，右脑是节能脑，右脑处理信息的机制是以形象的、空间的、直觉的、即时的、并行的、描述的、模拟的状态进行的，所以与左脑相比较来说更具有高效性；第四，右脑是行动脑，对人类的行为特别是情绪性行为起到控制的作用；第五，右脑是创造脑，因为具有巨大的存储量，因此具有迅速并高效地处理信息的能力。

左脑与右脑都不是孤立存在的，右脑采用形象思维，给左脑提供更多的情报；左脑采用抽象思维，给右脑整理信息，以利于实际应用。两者互相依存，共同作用，才会让人类的智慧得以更好的发挥。那么，你知道它们是如何进行合作的吗？左脑好比是一个收集器，它通过语言收集信息，把看到、听到、摸到、闻到、尝到的收起来，也就

是我们所说的视觉、听觉、触觉、嗅觉、味觉五感，之后把接收到的信息转换成语言，再传到右脑加以印象化，然后回传给左脑进行逻辑处理，再由右脑显现创意或灵感，最后交给左脑，进行语言处理。对于孩子来讲，家长只要掌握住大脑的主要能力，加以利用，便可以帮助孩子的大脑发展出更多、更复杂、更为不可思议的能力。所以，家长应该提高意识，在孩子的大脑未定型之前，以科学的方式帮助孩子的左右脑的各种能力出现或得以提升，那么孩子将会受益无穷。左右脑主要的功能可体现在语言、记忆、阅读、数理思考、创造与解决问题等方面。只要家长能尽一份心，相信你的孩子一定会让你可心可意。

##  二、0～6岁的孩子具备照相记忆能力

人脑中的海马记忆藏在右脑之中，能瞬间捕捉信息，和拍照照相机的功能一样，在需要时以图像形式重现，丝毫不差。因此，海马记忆也被称之为照相记忆。

这种照相记忆是人与生俱来的，这一点可以从大脑生理学的角度来说明，我们知道，左脑是靠语言来记忆的，遵循逻辑的顺序，是一种直线式处理信息的方式。而左右脑有着不同的信息回路，大脑会根据不同的信息选择不同

的回路。左脑用语言运转、右脑用图像运转，右脑能力是左脑的 100 万倍，右脑学习回路就是我们经常说的超能力，其实是我们每个人都可以拥有的，只是我们不知道如何打开它。越小的孩子开发右脑功能越容易。0～6 岁的孩子都具备照相记忆的能力，12 岁以下 60% 拥有这种能力，若成年后再开始训练就会很难。右脑会用图像来记忆，需要时信息像照片一样浮现出来。除了照相记忆功能，右脑还有高速、大量记忆功能，高速、自动处理功能，也就是存在于我们潜意识中的一些能力。左脑记忆属语言性记忆，这种记忆为浅层记忆，记忆量少、低速，容易遗忘，同时随着年龄增长左脑逐渐衰老，记忆会减退。只有右脑有通向海马、间脑的回路，所以容易形成海马记忆、间脑记忆，一旦开启了这种深层记忆，就不容易遗忘了。照相记忆是将过去的体验形成清晰的图像重现在眼前，是如拍照一样的记忆能力。这一能力的发现过程如下。

1917 年，德国一所中学里，一位叫奥特·克罗的生物学老师让学生描述蜘蛛结网的样子，学生讲得非常生动，仿佛看到蜘蛛在结网一样。老师立即对全体学生进行了试验，结果发现 40% 的学生看到了蜘蛛的活动图像。

马尔堡大学的埃里克·杨施教授继续研究这个现象，将能看到图像的能力命名为照相记忆能力，并得出一个结

论：12 岁以下的孩子具有这种能力。

他发现，照相记忆是右脑特有的能力，0～6 岁的孩子会经常表现出来，他们对一个物品的描述往往非常细致，就像亲眼看到一样。6～12 岁的儿童，也比较容易表现出来，而 12 岁之后则比较困难，也就是说，年纪越小越容易表现出来照相记忆的能力，而年纪越大，这种能力表现出来的可能性就越低。

右脑是高速、无意识运转的大脑，也就是说，左右脑工作的效率有很大的不同，左脑工作的速度非常缓慢，右脑却能够超高速地处理进入大脑的信息。

## 三、培养宝宝的注意力

0～3 岁宝宝对事物的注意是不随意的、被动的，都是由刺激物本身的特点所引起的，缺乏目的性。0～3 岁的宝宝还不能进行有组织有目的的注意，很容易受到无关事物的干扰，致使原来的任务不能完成。比方说，宝宝很可能一会玩这个玩具，一会又要另一个，将玩具扔得满地都是。

0～3 岁的宝宝持续注意的时间很短，很容易转移注意的对象。3 岁以下的宝宝只注意表面的、明显的事物轮廓，不注意事物较隐蔽的、细微的特征，还不太注意两个事物之间的关系。比方说，让 3 岁的宝宝比较两个相似图形区别在哪，他们就不大能说出来。

3 岁以下的宝宝不可能同时注意很多的事物。如果妈妈指着大楼说："宝宝，你看！"爸爸又几乎同时指着小鸟让宝宝看，那很可能宝宝什么也注意不到。

不能过分苛求宝宝保持很长时间的注意力，父母可以在了解上述注意力特征的基础上，以平和的心态、科学的方法慢慢地培养宝宝的注意力。

注意力的持续时间及专注水平，与孩子的气质、当时的身心状态以及外界的环境等很多因素相关。在一般情况下，孩子的年龄越大，能够坚持在一件事情上的时间就会越长，反之，年龄越小越难以保持注意力集中。

如果仔细观察就会发现，对于 3 岁以内的小宝宝而言，是很难长时间做同一件事的；在一件事情上，小宝宝们往往做不了多久就会跑开，或者时不时东张西望。这些在成人看来，可能就觉得宝宝的注意力不集中；但是，如果是年龄大一些的宝宝，他们能够坚持做一件事的时间会更长一些。

这种现象，心理学家是这样解释的：年幼儿童不能长时间保持注意，是因为他们的注意容易受到干扰，而且，他们很难抑制与任务无关的思维活动。3 岁以前的宝宝，注意是被动的，而且控制注意的能力较弱，只有新奇的、

令宝宝感兴趣的东西或事情才能吸引他们。

爸爸妈妈总是很关注宝宝的培养，希望自己的宝贝不仅可以获得健康的身体，也能够在学习潜力上得到足够的发展。宝宝年幼时，为宝宝提供身体发育所需要的充足的营养，提供丰富的环境刺激，让宝宝有充分的学习经历，发展宝宝的专注力、探索力、沟通力，就能塑造宝贝未来的学习潜能。

处在3～6岁年龄阶段的儿童，大脑的抑制功能还比较弱，其中约有3%～5%的儿童注意力难以集中。加之父母在平时总觉得孩子尚小，长大了会好，从而造成人为的注意力问题。

所谓专注力，也就是我们常说的注意力，是指孩子能够把视觉、听觉、触觉等感官集中在某一事物上，达到认识该事物的目的。专注力是一切学习的开始，是孩子最基本的适应环境的能力。

宝宝注意力持续的长短与很多因素有关，因此，当家长发现孩子不安定、不平静时，不要只是忙着指责孩子，而必须要先查明其中的原因。首先，宝宝本身年龄尚小，不具备长时间的注意力。其次，宝宝的兴趣不在这件事上。最后，学习的环境不佳，干扰到宝宝，而让他无法集中注意力。一般而言，培养宝宝的注意力，父母是可以通过自己的努力做到的，主要方法如下。

## 1. 为宝宝营造温馨的家庭生活

家人和睦，是让孩子感到快乐、安全的首要条件，在这种环境下，宝宝身心健康，做事情也更能集中注意力。

如果父母不和，经常争吵，宝宝的心灵都会受到不良影响，这种不良影响也会在注意力上表现出来。

## 2. 给予宝宝不受打扰的环境

宝宝专心做一件事时，不要总去打扰他，如他在玩积木时，不要一会儿让他吃东西，一会儿让他喝水，这样做，不知不觉中，就打扰了他的注意力，而应当让他安静地去做。

## 3. 避免给宝宝造成影响注意力的东西

如果宝宝在玩小汽车，就不要在旁边放上毛绒玩具、拼插玩具等。不然的话，可能宝宝玩着小汽车，眼睛又盯上了其他的玩具，结果是哪样都玩不了多会儿，哪样对他都没有吸引力。

## 4. 为宝宝设置合适的光线

如果宝宝要和妈妈一起看书，那合适的光线就是必须

的。不能在阳光直射的地方读，也不能在较暗的灯光下读，这种不适的环境会让宝宝无法集中注意力。因此，阅读时光线要柔和，让眼睛感觉舒适。

## 5. 为宝宝准备柔和的古典音乐

完全的安静并非就是最好的，可以视孩子的情况在玩耍的地方播放柔和的音乐，安定孩子的心灵。古典音乐通常效果最好。

## 6. 整洁安静的环境

家中的物品摆放有规律、有秩序，居室保持安静无噪声、没有过多的人吵闹或者聊天都有助于提高宝宝的注意力。

在培养宝宝注意力时，物品的选择也很重要，一定要用能够引起宝宝兴趣的事物，如颜色鲜艳的物体，各种形状、活动的物体。否则，孩子非常容易转移目标。

越小的孩子，注意的时间越短，注意力越不稳定，会经常转移注意力。要想让孩子能保持稳定的注意力，家长就要注意孩子生理、心理发展的特点。例如，6 岁的孩子，注意的时间大概在 20 分钟，对于 1 岁左右的孩子，注意的时间是 3 分钟左右。所以家长一定要掌握孩子能够注意的时间。

另外，孩子神经系统发育不健全，注意力容易转移。

要想让孩子长时间注意，必须选择他感兴趣的东西，这样孩子就能够长时间注意。

## 四、培养宝宝的记忆力

记忆力是识记、保持、再认识和重现客观事物所反映的内容和经验的能力。人的一切活动都离不开记忆。如果没有良好的记忆习惯及记忆能力，那么幼儿在成长过程中就很难获取更多的知识经验。同时，大家都知道记忆是人智力活动的仓库，孩子记忆力发展直接影响到智力开发和智力活动。记忆力虽然会受先天因素影响，但绝不是与生俱来的，每个孩子都有好的记忆力的潜能。

如果说，一位母亲以一秒钟一张的速度翻阅图画卡给自己的宝宝看，不了解右脑开发的人一定会认为，这是一种不负责任的教育方法。实际上，不说话也不说明，恰恰是这种方法的奥妙之处。有的家长给孩子看图片的时候总是在一边给孩子讲解说明，当你了解了右脑理论之后，就会知道这种看似用心的做法是典型的左脑教育法。

生活中，家长可以利用孩子形象记忆的特点，有意识地利用新鲜生动的实体，培养他的记忆力。通过坚持不懈地培养，才有可能让孩子的记忆力得到最大限度的提高。

不要小看孩子的记忆能力，它是人们积累知识、经验最有效的武器。

有的孩子年龄很小，却因为"见多识广"能记住和讲述很多自己的见闻。这是因为父母从小给孩子提供了丰富多彩生活环境，为孩子提供了各种颜色的、有声的、能活动的玩具，让孩子听音乐，给孩子念儿歌，讲故事，带孩子去公园、动物园等，这些有意义的活动，都会在耳闻目染中给孩子留下深刻印象，能在较长时间内保持记忆力。

幼儿的记忆与语言能力的发展有密切关系。无论识记或回忆，语言都起着重要作用。记住记忆任务、理解记忆事物、复述记忆内容等各环节都离不开语言。因此，增强幼儿的语言能力，是提高幼儿记忆能力的重要方法。

记忆力的一个特点是容易遗忘，因此一般人记不住3岁以前的事情，心理学称之为"人类幼年健忘"。这个时期的孩子，以无意识记忆为主，形象记忆占主导地位，对鲜明、生动、有趣的事物非常感兴趣，这些事物能引起他的情绪反映，重复多次后孩子就能够不费力地记住，如喜爱的玩具、动物、道路、词汇等。由于这是无意识记忆、形象记忆，经不起时间的考验，家长可以给幼儿明确的记忆任务。幼儿的有意识记忆较差，如果预先告诉孩子要记住什么，孩子明确了自己要记住些什么，记忆效果会更好。

如在讲故事前，告诉孩子在讲完故事后你准备提问的问题，或是在去动物园之前告诉孩子，让他记住今天都看见了哪些动物，记忆效果会更好。平时要有意地给孩子布置一些任务让孩子完成，也可做训练记忆力的游戏：如把几件物品放在桌子上，让孩子闭上眼睛，然后调换物品的位置或拿走其中的某一件，让孩子说出顺序的变化或少了什么。

等孩子 4 岁以后，孩子的记忆力就有可能终生难忘，但是由于思维的具体形象性，这时的记忆基本上还是属于形象记忆。在5～6岁时，孩子记忆的有意识性就有了明显的发展，不仅能识记和回忆需要的材料，还可以运用一些方法帮助自己加强记忆。这个时期，家长就要注意培养孩子的有意识记忆，它是掌握系统的科学知识、技能、技巧的基础。因为靠无意识记忆所获得的知识是零碎的片断，是不完善的。

由于幼儿理解能力有限，对很多事情难以理解。随着年龄的增长，幼儿接触的事物越来越多，仅靠机械记忆是不够的，需要在理解的基础上进行记忆。因此，为了加强幼儿的理解力，要让孩子学会分析和比较，这样，孩子的记忆就会更深刻和精确。

整个幼年的记忆是以形象性为特点的。孩子识记形象直观的材料，要比识记抽象的原理和词汇容易得多。而在

识记词汇的过程中，生动形象化的描述又比抽象的概念容易让孩子接受。

培养孩子记忆力的过程中，家长要让孩子多多观察，在观察中记忆具体的形象事物，同时注意发挥机械记忆的优势，培养并帮助儿童采用多种记忆方式，父母可以让孩子背诵一些歌谣、儿歌、短文等，可结合实物图像，帮助孩子理解记忆。孩子对于自己感兴趣的事物会特别注意，也有利于孩子的记忆。

适当的训练有助于孩子记忆力的提高。培养孩子的记忆力，要针对孩子记忆发展的特点来进行。

记忆是知识的宝库，有了记忆，智力才能不断发展，知识才能不断积累。下面提供几则有助于增强幼儿记忆力的游戏。

### 1. 依次说出物品的名称

把6样物品按先后次序排列在桌上，让孩子看上几十秒钟，然后将物品遮盖起来，让孩子凭记忆依次说出物品的名称。

### 2. 辨别颜色

让孩子闭上眼睛，说出你穿戴的衣帽鞋袜是什么颜色的。如果你也闭上眼睛说出他穿戴的衣帽鞋袜的颜色，将会引起孩子对这种游戏的更大兴趣。

### 3. 看图说话

把 15 张不同内容的图片放在桌上，叫孩子看一会儿，然后遮盖上，要求孩子把所看到的图片内容尽可能准确地叙述一遍。

### 4. 找找物品

当着孩子的面把 8 种不同的小物品分别藏好后，再让孩子将这些物品一一找出来。

### 5. 看橱窗

在带孩子外出时，路过商店橱窗时，先让孩子仔细观察一下橱窗里陈列的物品。离开以后，要求孩子说出刚才所看到的橱窗里的物品。

## 五、培养宝宝的语言能力

语言能力是各种能力的基础。爱因斯坦说："一个人的智力发展和形成概念的方法，在很大程度上先取决于语言。"可见语言与智力密切相关。婴幼儿时期是语言能力发展的关键期，尽早使孩子学会语言、学好语言，是发展智力，发展口头表达能力、书面表达能力、理解知识能力的前提。语言能力的培养要从"咿呀"学语阶段开始，贯穿整个孩童期。作为第一任教师的父母该如何有意识地培养孩子的语言能力呢？

有专家指出，培养语言能力的方法多种多样，家长要善于针对自己孩子的生理和心理特点，抓住他的兴趣，选择适当时机，采用合适的技巧方法进行语言训练。但要遵循一项原则：寓教于乐。只有这样，才可以让他在轻松自由的状态下不知不觉地提高语言能力。

培养看的能力：看为说提供素材和示范。让孩子看电影、戏剧、书报、电视中的少儿节目以及鼓励孩子观察现实生活中各种各样的场景，这些既陶冶了孩子性情，又学习了各种各样的说话方式。影视、戏剧、书报中的对话，流畅、生动、富有节奏感，为孩子学习说话提供了范例。

培养听的能力：听是说的基础。家长可引导孩子听些故事、儿歌、笑话等。孩子获取丰富的信息，再经过大脑的整理、提炼，最终形成语言的源泉。

丰富说话内容：说是语言表达能力的具体体现。生活中，孩子常常会无话可说，家长可用问题引导孩子：你最喜欢看哪个少儿节目？为什么？这个动画片里你最喜欢谁？为什么？你最喜欢幼儿园的哪个活动？

培养编的能力：能编会说是丰富想象力、创造力的标志。孩子面对心爱的玩具边玩边说。这些话虽只言片语，不够连贯，但家长可引导孩子把话说完整，引导孩子充分展开想象的空间，把玩具们的故事编完整。

培养背的能力：背诵可强化记忆、训练良好的语感。家长可引导孩子背些儿歌、古诗和小故事等。这些作品内涵丰富、文字优美，孩子能从中受到熏陶，也为形成自己丰富生动的语言风格打下基础。

小游戏举例。

**小小营业员**

准备：孩子喜欢的玩具 5～10 件，围裙。

玩法：将玩具逐一放好，家长先系上围裙当营业员，向孩子介绍商品。例如，指着玩具狗说："这是只小狗，白白的毛，鼻子会闻气味，它有 4 条腿，有一条卷卷的尾巴，它会帮人们看门，你喜欢它吗？你想买它吗？"孩子听营业员讲得好，就将小狗买回去，然后由孩子当营业员介绍商品，游戏反复进行。

游戏的变化：可以出现水果、蔬菜、交通工具、娃娃

等各类物品。还可以让"顾客"描叙自己要买的物品特征，不说出名字，让营业员猜，猜对了就把物品卖给顾客。

游戏目的：培养孩子运用口语进行连贯讲述的能力，巩固其对物品特征的认识。

# 六、 互动游戏

**玩具名称：百玉算珠**

玩具特点：专门为亚洲的幼儿设计，趣味性与耐玩性极强，完全抛弃了传统算珠的枯燥、乏味模式，不仅能在短时间内被孩子接受与认可，并在游戏过程中不断挖掘右脑潜能，迅速提高孩子的动手能力、数学计算能力和注意力、观察力。

**玩具之玩法一：基础概念**

游戏玩法：上下、大小、左右、长短、数量等这些都是基础概念，在游戏过程中让孩子增强对这种基础概念的理解，可以随意地拨动算珠（见图6）。

**玩具之玩法二：图形**

游戏玩法：可以用算珠摆出长方形、平行四边形、三角形等各种形状（见图7）。

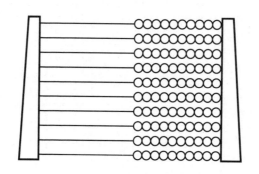

图 6

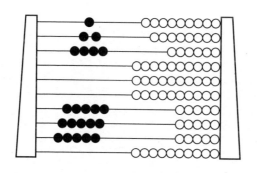

图 7

**玩具之玩法三：判断**

游戏玩法：随意移动两排算珠，但不要让两排数量相等，让孩子说出上边和下边哪个多。开始的时候不要让孩子去数而是用直觉判断，然后再数数（见图8）。

**玩具之玩法四：倍数**

游戏玩法：教孩子翻倍的数数，如2、4、6…一边拨动多个算珠一边数（见图9）。

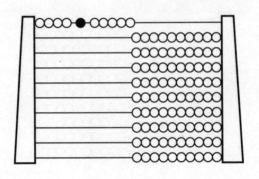

图 8

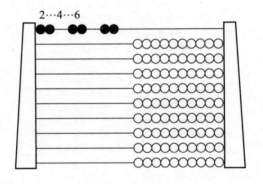

图 9

**玩具之玩法五：手势**

家长可以用算珠摆出两个数，然后让孩子边用手势比划边说出哪边多哪边少，或者两边相等。手势可作如下规定。

双手手掌伸直，在胸前平行表示等于号（＝）。

左手拇指与食指伸直，其他手指缩回表示＜（小于号）；右手拇指与食指伸直，其他手指缩回表示＞（大于号）（见图 10）。

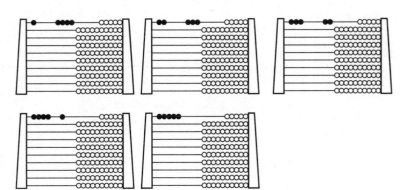

图 10

第三章

# 激活左右脑的五大法宝

左右脑的激活，是进行全脑开发的重要组成部分。在宝宝成长过程中，与宝宝密切相关的音乐、游戏、运动、语言以及对于宝宝进行必要的认知培养都是激活左右脑功能的重要方式。宝宝的大脑正如尚未开发的宝藏，其中蕴藏着大量对宝宝未来成长有利、无形的宝贵财富。

# 一、音乐

心理学家通过研究发现，音乐可以开发儿童的右脑。父母应该引导孩子对学习音乐产生兴趣，生活中，在孩子从事其他活动时，为他创造一个音乐背景。音乐由右脑感知，左脑并不因此受到影响，仍可独立工作，这样简单的方法可以使孩子右脑在不知不觉中得到锻炼。

音乐所拥有启蒙和开发的巨大作用，赋予宝宝更多的想象力、创造力及记忆力，犹如为其智力插上了一副展翅飞翔的翅膀，使宝宝的智能发展更快。

音乐是激活左右脑的法宝之一。宝宝对音乐并不感到陌生，不少准妈妈在怀孕过程中，就尤其重视音乐的胎教。

同样，宝宝出生以后，父母同样可以通过制造悦耳声音的游戏继续达到激发左右脑的效果。比如下面介绍的小方法。

当宝宝能坐立时，就可以尝试让他"演奏"各种"乐器"：用小木棒敲击翻过来的桶、锅、盆、陶器以及各种能敲击出悦耳声音的用具；或者在气球内装进几粒豆子，吹起气球，宝宝就得到一个能发出嘎嘎声响的"乐器"，气球会将声音放大；还可以让宝宝摇动一些不透明、能发出声音的小瓶子，试着让宝宝自己摇摇，听听会发出什么样的声音。

除此之外，家长可以让宝宝用汤匙轻轻敲打多个装有不同体积水的瓶子，这样每个瓶子就会发出不同音高的声音。

如果家里有，不同的敲打乐器，父母可以将不同乐器发出的声音排列出和谐的节奏。如先敲定音鼓"咚咚"两下，随后敲三角铁"叮"一下，这样，即可有序地排列出"咚咚叮——咚咚叮……"的声音节奏。经常这样训练，能增强宝宝的节奏感。

音乐能使宝宝的右脑变得兴奋，不但可以指挥大脑让兴奋从左脑转移到右脑，使左脑得以休整，又使左脑不致受到损伤。这样一来，音乐教育不仅可以改善由于左右脑的平衡失调而造成的右脑闲置问题，还可以使大脑皮质兴奋性增高，同时其传导与储存能力也相应地得以提高。这样一来，孩子的左右脑才会得以充分的发挥并良好的配合。

孩子最初接触的音乐，可能是在房间里挂一个能发出清脆悦耳声音的风铃；可能是自然界的风声、雨声、流水声，林子里的鸟啼声、风声、昆虫鸣叫声；可能是厨房里传来的切菜声、炒菜声等。当孩子大一点的时候，家长可

以让孩子闭上眼睛去领略简单的音符，或是让他们听听周围的声音，辨别一下哪个声音粗哪个声音细，哪个声高哪个声低。

在孩子长大一些后，随着孩子语言能力和模仿能力逐渐地增强，他们会从单单是听音乐的阶段转为学歌、哼曲。这时家长可以有意识地教孩子唱一些歌儿，让他们去接触歌曲旋律并且积极地鼓励孩子自己去想，自己去创造。对于孩子自编自唱的行为，家长更要给予鼓励和赞扬。

音乐在家庭中是营造气氛最好的法宝，所以作为家长同样要让孩子在音乐的熏陶下成长。也许，孩子还不懂得音乐，但是音乐世界中独有的气氛会让孩子在潜移默化中领会音乐的基本要素，并将这些要素融入到他的概念中。

0~1岁是宝宝声音辨别关键期，大约在宝宝出生4周以后，对于不同声音的辨别也不在宝宝的话下了，都可以轻松搞定。所以，爸爸妈妈一定要把握好这个时段，对宝宝进行合理的训练，这将会给宝宝今后的智力成长带来丰厚的回报。下面介绍几种帮助训练宝宝辨别声音的小方法。

**训练方法一**

时间：宝宝睡醒了且精神很好的时候。

准备：诗歌集或歌谣。

实施：在宝宝的旁边，念给宝宝听。

**训练方法二**

时间：宝宝玩耍的时候（经常进行）。

准备：儿童歌曲或优美的音乐。

实施：放歌给宝宝听，也可由家长唱给宝宝听。

**训练方法三**

时间：宝宝醒着的时候。

准备：宝宝可以看见的一切摆设。

实施：对着宝宝说话，和他进行交流。教他"这是什么？那是什么？"

**训练方法四**

时间：天气好的时候。

准备：手推车。

实施：带着宝宝到户外感受自然。让宝宝听听各种不同的声音，鸟叫声、小狗叫声、电话声、车喇叭声等。并且及时地向宝宝做出解释。

**训练方法五**

时间：和宝宝一块玩耍的时候。

准备：保持愉悦的心态。

实施：模仿动物的叫声逗宝宝玩，并且鼓励他也参与到模仿中来。

 二、**游戏**

游戏是宝宝生活的重要组成部分，家长如能够采用诸多"寓教于乐"的方式来引导和教育宝宝，那么，不仅可以使得亲子关系变得更为融洽，而且对宝宝的右脑开发、智力的发展也能起到相当大的推动作用。在游戏的过程中，宝宝不仅得到快乐，还会让他的想象力、创造力等能力都得以挥发，使宝宝的身心各个方面得到良好的发展。游戏到底会对宝宝有什么样的好处呢？

观察力作为右脑开发教育的重头戏，也是智力表现的非常重要的成分。观察是人的视觉感受器官对客观事物的外部形态及其变化最直观的反映，因此它是认识事物的第一步，观察的正确与否直接影响到对客观事物认知的程度。在游戏中，宝宝都想获胜，想去体验成功的感受，所以，他的注意力会比平时更集中。此外，游戏的过程大多需要依靠视觉判断进行，对发展与提高宝宝的观察力是十分有益的。

锻炼宝宝的思维能力，也是右脑开发教育的目的之一。人的思维是在实践中产生和发展起来的，而游戏恰恰是宝宝们生活中一项非常重要的活动。要想让宝宝玩得高兴、玩得好，就必须使宝宝充分地投入到积极的思维活动中去，从而使宝宝的思维能力同步得到锻炼和发展。儿童游戏一般具有直观、形象的特点，在游戏中很多都是需要宝宝去模仿或是找到突破口，这些行为对培养和发展宝宝的形象思维都具有促进作用。

想象是特殊形式的思维，是指人对头脑中已有表象进行加工改造而形成事物新形象的过程。在愉快、欢乐的游戏气氛中，宝宝往往更愿意"天马行空"地去想象，无形地就把想象的空间无限扩大。游戏所能赋予宝宝想象力进步的空间，绝对要比父母仅仅死板的说教方法要有用得多且实用得多。既然如此，为什么不让宝宝的智力伴着快乐而行呢？想要宝宝健康快乐成长的父母，又怎么能让宝宝的成长中少了游戏呢？

三、运动

生命在于运动。同样，在激活儿童左右脑的开发过程中，运动也有着同样积极的作用。

运动能使大脑处于最初的启动或放松状态，人的想象力会从多种思维的束缚中解脱出来，变得更加敏捷，因而更富于创造力。喜欢运动的孩子，在追逐奔跑欢跳时，在瞬息万变、千姿百态的体育游戏中，能够提高自己的反应力以及判断能力。在"蹦蹦跳跳"中，右脑储备了更多视听觉等方面的信息，一旦知识向深度广度扩散时，那么这些储备就成为基础。同时，运动还能促进脑中多种神经递质的活力，使大脑思维反应更为活跃、敏捷，并通过提高心脑功能，加快血液循环，使大脑享受到更多的氧气和养分来达到提升智力的作用。

此外，坚持让孩子做一些幼儿体操，年龄稍大的孩子可以参加打羽毛球、乒乓球等运动。在运动中随之而来的右脑鲜明形象思维和细胞激发比静止时来得快，由于右脑的活动，左半球的活动受到某种抑制，人的思想或多或少地摆脱了现成的逻辑思维方法，灵感经常会脱颖而出。

在2岁之前，儿童基本以形象思维为主。待发育到学前期末的一个时期，儿童的大脑成熟水平虽然已接近成人，但其言语中枢尚未成熟，抽象思维则刚刚萌芽，他们仍以右脑为中心去认识事物。在这一时期，如果父母通过采用正确的方法、灵活多样的活动，就能促进幼儿右脑的发育。大脑皮层的各个不同区域分别联系，控制着人的各种功能，其中控制手运动的大脑皮层部位的面积很大，所以手的灵敏运动能够使大脑的很大区域得到训练，同时，支配人左手的是右脑，通过有意识地活动左手，就会给右脑以良好的刺激。

众所周知，生活中多数人都习惯于用右手，也就是说，对大多数右撇子来说，大脑左半球是优势半球。左脑主要负责语言、记忆、数学计算、逻辑思维、分析活动，它常被称为"语言脑"。而人的右脑是负责处理总体形象、空间概念、几何图形感觉、身体协调等，因而，它常被称为"直观脑"，也有人称之为"创造脑"。少数使用左手的人称为"左撇子"，父母一般会强行要求孩子改用右手。右手使用得多，左手使用得少就造成人脑两半球利用的不平衡，因而使管理人的形象思维的右脑半球负担不足，自然影响它的发展。

因此，在运动中，幼儿双手同时发展也对开发其右脑有益。家长可以有意识地在运动过程中让儿童练习左手的动作，通过丰富多彩的活动，训练孩子的手眼协调能力、手的抓握能力等。

训练幼儿双手动作发展的规律是由大动作到细小动作；由不准确到准确；由手把手模仿成人的动作，发展到听语言指挥而动。这样一个左手的训练过程使左手逐步灵活，对右脑细胞产生良好的刺激。

下面介绍两个通过运动能够激活左右脑，对右脑发育有利的简单可行的小游戏。

## 1. 会滚动的箱子

玩法：家长可以把家里买回来家电等大件物品的包装纸箱留下，让宝宝钻进去缩紧身体，然后滚动纸箱，孩子会乐不可支。为了避免伤着孩子，你最好在每次滚动箱子之前大声问他："准备好了吗?"确定他做好了准备才能开始，滚动的幅度也可根据孩子的适应情况而调整。

提示：这个游戏适合 3 岁以上的孩子玩，因为这样可以锻炼孩子的身体平衡感，也能发展孩子的右脑功能。

## 2. 扔纸球

玩法：准备一个篮子，家里的菜篮或洗衣篮都可以，然后拿一些废旧报纸，把报纸揉成一团，做成一个一个纸球，可以由妈妈、爸爸和宝宝轮流往篮子里扔纸球，每次每人扔10 个，看看谁扔进篮子里的球最多，扔进球最多的人获胜。

提示：这个简单的小游戏，适合 2 岁以上的孩子玩，培养宝宝手的动觉、动作的控制、空间距离的判断，这些对孩子的右脑开发有很大益处。

处于0～2 岁正处右脑开发的关键期，要提醒家长的是，此时，肢体运动对大脑的发育起着重要作用。宝宝从躺到趴到爬，再到站立、行走等，这个过程实际上并不漫长。很多爸爸妈妈都觉得这是不用教、不用培训的，宝宝大了自然就会了。当然，这样的想法也没有错，但是，如果想让你的宝宝更聪明，对于这个阶段的运动训练就是不可缺少的功课。

**训练方法一**

时间：宝宝满月后。

准备：把宝宝放在宽敞的床上。

实施：用手推着宝宝的脚丫，训练让他爬行。

**训练方法二**

时间：宝宝 3 个月的时候。

准备：在宝宝床的上空悬挂一些玩具，高度为宝宝恰好可以碰到。

实施：让宝宝用双手去抓玩具，锻炼手眼协调的能力。

**训练方法三**

时间：宝宝 6 个月以后。

准备：宝宝特别喜欢的小玩具。

实施：多让宝宝俯卧着并且要在他面前不远处放一两件玩具，吸引着他向前爬。让宝宝尝试着去抓取玩具，促进他右脑的发育。

以上这些训练方法，看似非常简单，其目的都是从不同角度不断地刺激宝宝的大脑，从而使大脑飞速的发育。

## 四、语言

语言归于左脑，但就实际而言，虽然在对语言的学习上左脑占了优势，但是这种覆盖面并不是百分之一百的，语言也可以分为左脑学习与右脑学习。其中，右脑学习的重要性往往被家长及教育工作者所忽视。语言学习必须借着左脑学习与右脑学习的连续运作，才能够取得更好的效果，如果对左右任何一方有所偏颇都不会让孩子的语言学习能力变得尽善尽美。

生活中有许多实例让我们发现，孩子越小学习多种语言越是容易。新生儿既不会说话也不懂识字，但是很快就能学会一种母语。以英语而言，孩子在0～3岁的时候，因为用右脑进行学习，接受语言的能力是超乎于想象的，在刚开始的时候，处在这个阶段的孩子并不知道"语言"的意义，只是把这些单词和句子大量地输入到右脑中，同时，左脑也在运转并与右脑的映象结合，了解并记忆语言。右脑学习语言的方式是不求记忆和理解，而是机械式的，在无意识的状态下进行大量的输入，然后以大脑的并列方式来发挥处理功能。而左脑学习语言的方式则是由部分转向全体的累积方式，是下意识地寻求学习、理解、记忆的学习法，具有将学习到的事物以直观方式来处理的功能。所以，对于语言的学习上，单靠左脑的处理机能是不行的。

那么，家长如何激发孩子的右脑学习语言的能力呢？正如我们前面所讲到的，孩子在小的时候都是学习语言的天才，要想让孩子的语言天赋得以施展，必须重视对孩子右脑的开发。孩子在 2 岁之前一般都可以学会一种语言，这种超级强大的学习能力是与生俱来的。人们一定都非常奇怪，孩子从小学到大学一般学英语的时间往往超过十年，却还是不能像母语一样说得自如，而孩子在完全不懂语言的情况下 4 岁之前就可以把母语讲得流利自如。实际上，这一切正是右脑给予孩子的特殊的能力。

以一个新生儿为例，如果他生长在一个双语的环境中，他势必可以学会两种语言。这个语言的接受期是失不再来的，如果错过了，孩子就扔掉了一种用多少钱都买不来的能力财富。在这一阶段，完全不用担心孩子负担重，无法接受，因为他们完全是在无意识的状况下来接收语言信息的，而他们的右脑比计算器的运行速度还要快。

## 五、认知

认知是指人们获得知识或应用知识的过程，或信息加工的过程，即对作用于人的感觉器官的外界事物进行信息加工的过程。这是人最基本的心理过程。它包括感觉、知觉、记忆、想象、思维和语言等。人脑接受外界输入的信息，经过头脑的加工处理，转换成内在的心理活动，再进而支配人的行为，这个过程就是信息加工的过程，也就是认知过程。

儿童的认知发展规律是遵循这样的过程：动作感知—前运算—具体运算—形式运算，这是一个不可逆的过程，前后顺序是不变的。

第一阶段是感知运动阶段。从出生到 2 岁，相当于婴儿期。此阶段儿童还没有语言和思维，主要靠感觉和动作探索周围世界，逐渐形成物体永恒性观念。

第二阶段为 2～7 岁，此阶段儿童各种感觉运动行为模式开始内化而成为表象或形象思维，特别是由于语言的出现和发展，促使儿童日益频繁地用表象符号来代替或重现外界事物，出现了表象思维。

在这个阶段的认知过程有以下的特点。

相对具体性：儿童开始依赖表象进行思维，但还不能进行运算思维。

不可逆性：思维的不可逆性，缺乏守恒结构。

自我中心性：儿童只能以他的经验为中心，只有参照他自己才能理解别的事物，而认识不到还有他人或外界事物的存在，也认识不到自己的思维过程。故又称为自我中心思维阶段。

刻板性：表现为在思考眼前问题时，其注意力还不能转移，还不善于分配；在概括事物性质时缺乏等级的观念。

2～4岁为前概念或象征思维阶段，即儿童开始出现凭借语言符号通过象征游戏、延迟模仿等示意手段表征外在客体的能力，但此时思维具有前概念性，徘徊于概念的一般性与组成部分的个别性之间。而4～7岁为直觉思维阶段，即儿童此时已开始从前概念思维向运算思维阶段过渡，但他们的判断仍受直觉自动调节的限制。此阶段的思维既没有运算的可逆性，也没有守恒的基本形式，尚停留在半象征性的思维状态之中。

**六、 互动游戏**

**玩具名称：魔法石**

玩具特点：为了充分满足孩子对游戏的热情，在自主游戏的同时又能够无限地发挥自己的潜能，寓教于乐，因此在经历了无数次的对比和研究、测试与调查后，魔法石拼图游戏诞生了。魔法石拼图游戏多种多样，能够培养孩

子的创造力、组织能力、观察力、逻辑思维能力和动手能

力，发挥孩子的创意和潜能。

**玩具之玩法一：自由拼图游戏**

让孩子摆出自己喜欢的图案。

**玩具之玩法二：题目拼图游戏**

按照所给的图例拼图（见图 11、图 12、图 13）。

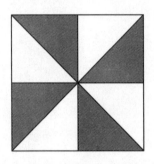

图 11

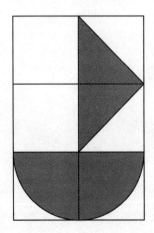

图 12

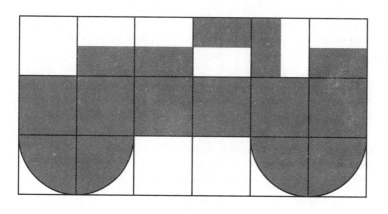

图 13

# 第四章

# 挖掘孩子的潜在能力

　　潜能是每个人都具有的一种无形的能力，也是每个家长在宝宝成长过程中应多加留意和有待科学开发的。家长如何才能通过各种方式来发现宝宝自身所拥有的潜能，并加以科学开发，使得宝宝真正将所拥有的潜能变为自己的能力和本领。本章将会重点解读家长如何挖掘孩子潜在能力这一主题。

 **超乎家长想象的"脑力"**

据研究，人们通常使用的是左脑。专家提倡在0～3岁的关键期开发孩子的右脑，这有助于提高整个大脑的协调能力，并能够促进思维发展。

有研究表明，经右脑开发的孩子接受能力强，学习过程也变得轻松愉快。据专家介绍，右脑蕴藏着几种非一般的能力。

**右脑有优异的记忆力**

专家认为，左脑的记忆属于"质量不佳"的记忆，会立刻将已经记住的东西忘掉。右脑的记忆力则是照片式的记忆，或可以称为完全记忆，是优异的记忆力，可以将看过或听过的东西完全地记录下来。

按照专家的说法，通常孩子只能运用左脑记忆力，如果左脑的记忆力不好，孩子的成绩会表现出不理想。而右脑的听读能力一旦被发掘，孩子在学习中就能够快速阅读和记忆，这自然有助于提高学习效率和学习成绩。

**右脑有瞬间计算能力**

从幼儿时期进行专业右脑训练是解决这一问题的捷径。"右脑的瞬间计算能力绝不是一种特异功能，而是所有孩子生来就具有的一种能力。"一般人在计算时，使用的是左脑，而与左脑有意识的计算能力不同，右脑的计算能力是一种超高速、自动进行的计算能力，如果从幼儿期开发孩子的右脑，以后学起数学和物理来，就会轻松很多。

**右脑学习外语的能力更高**

专家还提出，左脑属于意识大脑；右脑属于无意识的大脑，它能主动发现信息中的规则从而加以吸收。人们之所以具有学习语言的能力，就是因为有右脑的快速大量记忆技能和快速自动处理机能的存在。

专家认为，4岁以前是开发右脑的关键期，也是孩子发育最旺盛的时期。你会发现，这个年龄段的儿童虽然并不学习语法，却能够在听到的语言中发现规律，从而自由说出话来，这都归功于右脑的记忆机能和自动处理机能。而成人已错过右脑学习的关键期，他们的左脑长期居于主导地位，擅长学习外语的右脑没有受到专业方法的刺激从而未发挥出作用，这就难以学好外语。

 **二、了解孩子的潜质**

潜质通常被解释为人的潜在能力或者素质，也被人们看做是一种与生俱来的天赋。人类的智力发展经常会表现

出相对的稳定性，一般不会随着年龄的增长有太大的变化。

　　一个人先天优良的遗传因素为孩子的发展提供了一种可能性，而后天的良好教育则将发展的可能性变成了现实。为人父母者一定要注意观察和发现孩子在某方面是不是有天赋或者说是不是有潜质，以便及时确定适当的培养方向。望子成龙的家长一定要认真观察孩子在哪方面有特长，不要让孩子的潜质在您的疏忽中被埋没了。

　　比如说三四岁的小孩子酷爱音乐，歌唱得很好，或喜爱美术，图画画得很好等，虽不能认为已经出类拔萃，但已经显露出天赋的苗头。只要认真观察，任何一个少年儿童都有其自己的闪光点、长处或特长，这就是天赋的外露。天赋只为智力开发、进行早期教育提供了良好的条件和可能，对教育和成才有较重要的意义，但并不具有决定性的意义。后天的环境、教育以及主观的勤奋努力，对成才和智力发展，有重大影响。

　　3岁以前是智力开发的重要时期。如莫扎特2岁就表现出了对音乐的特殊喜爱，3岁多会弹钢琴，5岁能作曲。幼年时候就接触音乐为他最终成为一代杰出的音乐家打下了良好的基础。

　　还有一些具有舞蹈天赋或者体育天赋的孩子，通常表现出好动、活泼、反应敏捷等体格特征。具有舞蹈天赋的孩子体格特征更加明显，脖子、腿部等部位比一般的孩子要长，对音乐乐感和节奏感掌握较快，模仿性和掌握舞蹈的技能比较强。只要孩子感觉是在跳舞，不管是轻歌曼舞，还是张牙舞爪都应该积极鼓励。

孩子的天赋表现形式不同，但所有孩子都有他自己的兴趣，看他对什么最感兴趣，对什么事物最敏感，经过认真、细心地观察，总会发现孩子天赋的。

在日常生活中，家长可以通过多种方法和手段，对孩子的天赋进行科学的引导。

每个孩子都有各自的天赋，不论这种天赋是外露或内藏，我们都可以选取一些不同刺激手段，通过游戏等形式传递给孩子，对其进行试探或引导，一旦某种刺激手段与孩子自有天赋相同或相近时，就一定能引起孩子极大的兴趣、异常兴奋，并百试不厌。孩子潜质的代表有音乐、体育、美术、文学、数学、空间方位等。

此外，家长应选择孩子易于接受的方法，潜移默化地加强对非智力因素的培养训练，从中发现天赋。重视对非智力因素的培养训练，发挥非智力因素在认知活动和智力活动中的定向引导和维持调节作用，会使孩子得到全面发展。重视理想、动机、兴趣、意志等非智力因素的培养，必然会为孩子的发展提供一个广阔开放的环境，使其天赋

得到发挥和发展的可能性更大一些。

 **开发儿童潜能的好帮手——光**

光是开发儿童潜能的好帮手和有力工具。宇宙间的万物都与光有关，光可以说是无处不在。光是联系万物的关键，万物由光联系成为一体，从某种意义上来说，物与物之间，乃至人与人之间是由光联系在一起的状态，也可以说是"爱"。

通过想象训练成为开发潜能的最重要环节。按照下面的步骤进行光的想象训练。首先是冥想和深呼吸的过程，然后盯着发光的星星。使松果体处于清醒状态，松果体会产生各种颜色的光线，眼皮也会出现红、黄、蓝等各色光线的形象。

此后的步骤被称为眼球肌训练，是扩大视野范围的训练。具体的做法是，准备一张画有多个箭头方向的图，让眼球按照图片上所示的方向尽可能快地移动。目标是在10秒钟之内使眼球的移动次数达到30次。

 **心智提高大脑机能**

心智提高大脑机能与著名的阿波罗号飞船的宇航员有

关，据说多数阿波罗宇航员都曾经体验过超常现象。当人类处于宇宙空间或是月球表面时，人类的超能力会显著增加，当人离开地球，引力作用减弱时，大脑的机能会大大提高。

曾有阿波罗 16 号的宇航员表示，在宇宙中，我明显感觉到大脑内部变得很清晰，意识内容得到扩充，考虑问题的反应速度很快。对宇宙飞船的操作要比在地球上训练时的效率高出许多倍。

另一位阿波罗 15 号的宇航员表示，在月球上，不管提出什么问题，很快就能得到回答，整个过程在极短的时间完成。

##  意识蕴藏巨大力量

意识，可以被理解为指生物由其物理感知系统能够感知的特征总和以及相关的感知处理活动。在心理学上，也被解释为人所特有的一种对客观现实的高级心理反应形式。

意识是特殊的物质——人脑的机能。人脑是意识的物质器官。意识作为人脑的机能，是人脑在第一信号系统和第二信号系统基础上进行的精神活动。意识是对客观存在的主观映象，是人脑对客观世界的反映过程，是对外界输

入的信息不断加工制作的过程。

以前的科学认为左脑有意识，而右脑是没有意识的，把右脑的前头叶称为沉默区域。近来发现，右脑的意识在右脑前头叶中，也发挥着作用。与左脑的意识属于语言性意识不同，右脑的意识属于形象性意识，简单地说，就是右脑的意识利用的是想象的作用。

 **互动游戏**

**玩具名称：智慧圆盘**

玩具特点：让孩子在观察图片的同时，锻炼孩子细致的观察能力，锻炼孩子的手眼协调能力和图形瞬间分辨能力，从而培养和开发孩子的右脑直觉判断力。

**玩具之玩法介绍：**

1. 将第一张卡片（共12张）放到圆盘上，使卡片上的两个圆孔与圆盘上的凸起处相吻合。

2. 选找颜色圆圈放在卡片相对应的位置上，注意空心和实心。

3. 所有的圆圈放上之后，把卡片翻过来，若圆圈的颜色全部都能与卡片边缘的颜色对应的话，说明结果是正确的，反之需要改正（见图14）。

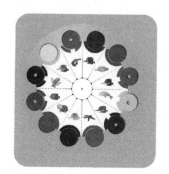 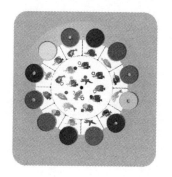

图 14

# 第五章

# 培养天才儿童的右脑游戏

在开发儿童右脑的过程中，游戏是一种孩子们喜欢的方式，这更符合孩子的发育和心理特点，易于孩子接受并让孩子喜欢右脑游戏。通过科学的右脑游戏，不但起到寓教于乐的效果，也使得孩子的右脑在游戏中得到锻炼，从而有利于提高孩子的语言、计算、记忆等多方面的能力。

 **锻炼语言能力的游戏**

闪卡是全脑潜能开发课程特色之一，它可以培养孩子的照相记忆功能。通过右脑训练就可以培养出全新的右脑记忆，闪卡能让左脑与右脑同时运转，一边让孩子们看图，一边让他们听词汇，这样就会将掌管图像的右脑与掌管语言的左脑连接起来。

 **案例**

对于闪卡的这项训练老师不会主动去考察孩子是否会了，但是老师会做相应的游戏来检查。记得一次课程当中，老师请小朋友们一起来玩"哪一个的游戏"。老师拿出点卡36和35，老师问小朋友们哪个是35？所有的小朋友都有正确地指出哪个是，但是斗斗去指着36说"36"。当时我和所有的家长和惊讶，老师并没有告诉他那个是36，但是他记住了。

下面让我们来听听关于大宝的故事。

**主人公：大宝　男孩　3岁**

今天的课堂真的是让我很吃惊，大宝已经上16节课了。今天，我在这个做了一个小小的实验，就是让孩子们用卡片自己连成一个故事。因为以前都是我在给孩子们用故事串联的方法，来让孩子们记住所有的卡片。今天，我拿出 10 张卡片让孩子们来进行故事串联。没有想到是大宝一个刚刚 3 岁的孩子竟然能把故事串联得非常生动。让在座的所有爸爸妈妈都很吃惊。

课后，我和大宝的妈妈进行了沟通才知道，大宝平时在家就是很喜欢看图画书，而且喜欢自己一个人讲故事给爸爸妈妈听。

在平时的课上大宝做记忆卡片游戏的时候就很兴奋，每次都是第一个把所有的卡片说出来。随着大宝语言能力的增强，他的想象力也变得更加丰富起来。

## 二、提高记忆力的游戏

记忆力分为左脑的记忆力和右脑的记忆力，我们通常使用的是左脑的记忆力。在学校时使用的正是左脑记忆力，记忆效果一般，但是我们通过发掘孩子右脑的记忆力，使记忆力差的孩子也能变为记忆力好的孩子。右脑记忆是图像记忆，可以将所见所闻以图像的形式重新展现出来。在人的大脑里，专注力的"领导者"是右脑边缘处的前庭器官，信息必须经过外耳到内耳再到前庭，然后顺利地在大

脑皮质层内做出良好回应才能集中注意力。如果孩子善用右脑，脑波可以调整到 α 波状态下，潜意识中的强大自控能力就会被激发出来，促使大脑对这个事物引起关注，因而会使专注效果大幅度提升，孩子的记忆力自然会变得更加出色。

**游戏举例：图片归类**

在掌握阅读技巧之前，孩子们必须首先学会判断数字和字母之间的区别。信息分类能力会使将来的学习变得更轻松。

**游戏准备：**索引卡片、艺术品及（或）杂志上的照片、3～4 人。

**游戏步骤：**

1. 你和孩子一起确定用于游戏的各类物品。可以画在卡片上，也可以从杂志上剪下来后贴在卡片上。不论画或贴，都必须保证有两个同类物，如一个苹果与一根香蕉，一辆轿车与一架飞机，一只鹦鹉与一只巨嘴鸟。年龄较小的孩子，你可能要帮助他一起设计。

2. 游戏一开始，游戏者像洗牌似地整理卡片，并正面朝下放于地板或桌子上。

3. 第一个人翻开 2 张卡片，如不属于同一类，则仍然正面朝下放回原处。

4. 下一个人翻开一张卡片，并判断与前两张卡片上的物体是否属于同一类，这就要求他记住第一个人所翻卡片的位置。如果能配成一对，他可以把那两张配上对的卡片拿走，如果所翻卡片与前面任何一张都配不上，他再翻第二张卡，如果这两张卡是一对，他可以把它们拿走，如果仍然不是，则将卡片放回原位。

5. 随着游戏的继续进行，卡片一个一个被翻开，而只要游戏者对每一张卡片的位置记得越清楚，成功配对的概率越大。最后找到同类物最多的人获胜。

有时游戏者选的一件物体可以划归在不同的类别。例如，有 4 样东西：轿车、火车、飞机及云。设计者原意是用飞机与云配对，因为它们都属于天空，而翻开"飞机"的人将它与"火车"配成一对作为交通工具。在这种情况下，如果游戏者能合理解释自己的思路，那么他的选择也可以被接受。这种情况下，游戏结束后会剩下一些配不成对的卡片。

下面介绍一个亲子互动式的看图记忆游戏。

**记忆力培养之看图记忆**

发展孩子的观察力，锻炼孩子记忆的准确性。

**准备工具**

有动物的画或卡片。

**培养方法**

家长让孩子去看一张画有好几种动物的图片，要给他规定的时间。时间一到，就要把图片拿走，然后让孩子说出图片上都有哪些动物，动物分别在做什么？刚开始训练的时候，时间可以设定得长一些，随着孩子接受程度的变化，家长可以逐渐缩短看图的时间。

**交流**

1. 你看看，这个图上有好多的小动物，宝宝把它们记下来，一会儿妈妈要考考你。

2. 不行哦，时间到了，不能看了，宝宝现在告诉妈妈，图上都有哪些小动物？

3. 宝宝真的好棒，你再好想想，还有一个小动物，在旁边吃草的是哪个？你把它落下了。

**培养成果**

孩子经过训练后，基本都可以把东西记得又全又好。

起初，孩子如果记住的不多，家长可以将动物分以类别，比如说，兽类有几种，鸟类有几种，鱼类有几种，这样可以帮助孩子记得快些，当孩子渐渐记得住了，再把这些动物重新打乱来记。

3～6岁的宝宝正处于智力的开发阶段，这时他们的记忆力要好于青年人和老年人，家长要做好对宝宝的教育和引导工作，不要走进下面"记忆观念"的误区。

**记忆力是天生的，训不训练没有用**

国内外大量的研究发现，95％以上的人的遗传因素是差不多的，记忆能力主要是后天教育与训练的结果。遗传因素十分优良的宝宝如果得不到很好的教育和训练，优秀的遗传因素也会下降，其记忆能力也会与哺乳正常幼儿的水平差不多。

**宝宝记忆力很棒了，训练是多余的**

实际上，虽然处在这个阶段的孩子的记忆力好于青年人和老人。可是相比于成人来说，3～4岁的宝宝综合记忆能力只有成人的1/10，4～6岁的宝宝综合记忆能力也只有成人的1/4～1/3。所以，待挖掘的潜力还是十分可观的。

**时段不重要，不要训练得太早**

宝宝在不同的年龄段时，记忆能力和智力的关系是不相同的。在幼儿期，记忆能力是人类智力的主要部分，也就是说，记忆能力的锻炼是不可小看的，它的发展可以作为衡量宝宝智力是否正常或超常的一个标准。

 **提高计算能力的游戏**

计算能力是右脑与生俱来的能力，通过机械性的刺激就能开启这一能力。

开发右脑的关键在于高速、大量地输入信息。只要持续训练，到了某个时候，高速处理能力就会自然地开始发挥作用，也许"昨天还不行"，但"今天突然就可以了"。尽管孩子现在还不能说出正确答案，但不要把这当成失败。即使答不出正确答案也没关系。只要持续进行点卡训练，就肯定会有作用。很多孩子进入小学以后，这种能力才开始发挥作用，计算能力快得惊人，无论是家长还是老师都很吃惊。

还有不少孩子，以前人们认为他的点卡训练失败了，但其实他的右脑已经被打开，而且效果还不错（见图15）。

"点卡"指是在边长为 30 厘米的正方形厚纸上无规则

图 15

地印着从 1 到 100 的 100 个红色圆点的卡片。

如果将点卡以 0.5 秒一张的速度放给孩子看，就会发生不可思议的事情。右脑具备不可思议的计算能力，不论多么复杂的计算，只需看一眼就能得出答案。训练中只需要通过机械性的刺激打开右脑的计算回路，完全不需要理解和记忆（见图 16）。

图 16

因此在孩子 0～6 岁之间，一定要让他们快速地看

点卡。

这个训练中最重要的是输入，而不是急于输出。父母往往操之过急，在输入的同时就要求孩子输出。右脑计算能力的培育跟语言能力相似。婴儿最初只是听周围的人们讲话，1 岁之后才慢慢地开始说话。有的孩子说话晚，要到 2 岁左右才开始说话，但几乎没有不会说话的孩子。学习语言是大脑与生俱来的一种能力，但如果没有语言环境，孩子也学不会说话。

右脑的计算能力也一样。请不要急着让孩子说出正确答案。在问孩子"是哪一个"时，一旦孩子回答不出来，有的父母就会认为"这个孩子不行"或"失败了"，之后便再也不给孩子看点卡，这样是不对的。

 **四、培养英语能力的游戏**

听力是英语学习的重中之重，但只听不说的学习法绝对要批判。我们在输入一定量之后，不将其输出也是无用的。朗读能开启大脑的语言表达回路，最近的大脑研究表明，出声朗读的时候大脑运动最活跃。另外，大量的朗读背诵还能开启右脑记忆回路。

学习英语需要环境，英语环境是指孩子眼睛看到的、耳朵听到的和嘴里说的尽可能是英语（见图17）。

图 17

右脑学习英语的特点是：重视输入，等待输出！

高速大量、正确的、无需理解地向右脑输入。有了足够量的输入，才可能有输出。英国人和美国人日常会话中，常用的2000个基本词占95.3%。在学习高难度表达之前，先掌握最基本的用法。为了应付考试所学的英语不一定真正用得上。

英语不是"学问"而是"技能"！

以语法阅读和写作为重点的应试教育不能满足我们学习英语的需求。通过声音进行交流的练习才最重要。

在情境中展示当堂课的重点词句。

用看闪卡、听唱英语歌曲、读英语图画书、看英语动画片、做全脑游戏的方式来广泛接触日常生活用语。这种做法不但能让孩子接触大量的英语单词，还能在轻松愉悦的环境中打开孩子新的语言回路、形成英文听力的优先频率带，最终为孩子更自如地学习英语铺好道路。

▲ 我们给孩子在课堂上看大量的闪卡，通过听大量的英语单词，看快速闪动的闪卡，充分给予右脑刺激，使右脑更加活跃，处于活跃状态的右脑会大量高速地吸收信息。

▲ 英语歌曲、儿歌使幼儿在优美欢快的旋律中，感受快乐的英语。

▲ 用英语做全脑游戏，既可以开发右脑，又可以广泛学到更多的对话以及常用语。

在这里我们将介绍两个培养孩子英语能力的小游戏，家长可以在生活中通过潜移默化的方式教会孩子英语。

**语境练习之一　饭店餐厅中**

**练习目标**

增强记忆，发展语言能力，促进孩子的右脑发育。

**必备条件**

家长要有一些英语的基础。

**练习方法**

要给孩子创造语言环境。如果家长的英语基础一般，那么就要把重点放在教育孩子学习英语单词的上面。早晨起来的时候，家长要对孩子讲"good morning"，晚上睡前要用"good night"，请坐要说"sit-down please"等。让孩子在学习礼貌用语时把词汇量一点一点地积累起来。家长也可以组织一场英语礼貌用语竞赛，爸爸妈妈都要参与其中和孩子一起进行互动。模仿各种应该用到礼貌用语的情景。让孩子成为"说"的主角。比如，爸爸妈妈可以饰演到饭店就餐的客人，孩子饰演侍者，引发孩子说英语的兴趣。

**交流**

1. A：Bring me some mineral water, please. （请帮我来点矿泉水。）

B：Certainly. （好的。）

2. A：Can I take your order now? （你现在要点些什么吗?）

B：Not quite. Could I have a few more minutes? （不，我能多等一会吗?）

3. A：Good evening. A table for two? （晚上好。有两人桌吗?）

B：Yes, by the window, please. （是的，请找一个

靠窗的位置。）

    A：This way, please.（请往这边走。）

    B：Thank you.（谢谢。）

### 练习成果

孩子基本上可以学会使用常用的英语礼貌用语。

### 经验小结

孩子学习英语有很大潜力，他们能轻松地记住大量词汇，但孩子的记忆具有很大的遗忘性，所以家长要经常让孩子去说、去复习，这样才不容易被忘记。

**适合年龄：**2～6岁。

**语境练习之二　水果店中**

### 练习目标

增进孩子学习英语的兴趣，增强孩子的记忆能力。

### 必备条件

苹果、香蕉、梨、橘子、西瓜、桃、葡萄等水果；孩子已经掌握简单的英语句子的表达。

### 练习方法

家长在游戏中扮演售货员，孩子扮演顾客的角色。家长把准备好的水果全都摆在桌子上，当孩子走进商店时，看到它们，要表现得十分高兴，然后用英文主动问好。家长则要同样用英文问孩子想要买什么东西。然后，孩子把他想要买的东西用英文逐一说出来。买完东西后用英语道谢。家长则要表达不客气。

**交流**

1. 顾客：Good afternoon. （下午好。）

售货员：Good afternoon. （下午好。）

2. 售货员：Can I help you? （你要点什么？）

顾客：Apple. （苹果。另注：banana, pear, orange, peach, grape 中也可以做选择一个或多个。）

3. 顾客：Thank you. （谢谢。）

售货员：Not at all. （不客气。）

**练习成果**

孩子学会了把自己的学过的英语运用到情景对话中。

**经验小结**

在游戏过程中要注意孩子的发音，力求准确。

**适合年龄：** 3～6岁。

## 五、培养运动能力的游戏

对于可塑性最强的0～6岁的孩子应如何发展其运动能力，是不少家长所关心的话题。

科学研究证实：人脑的创造需要左脑和右脑协同配合，双侧肢体运动技能的协调发展能相应地促进人脑两半球功能得到提高，从而促进潜能的开发。而学龄前儿童正处于动作发展的敏感期，他们双侧肢体的各种动作技能尚未定型，大脑功能仍处于双侧发展中。对幼儿进行双侧肢体，尤其是左侧肢体的综合训练对开发幼儿运动和智力潜能有着积极的作用，可提高幼儿身体协调性和左右侧肢体技能发展的协调程度，使幼儿的运动技能和智力潜能得到充分的开发。

孩子在0～6岁的身心发展大概可以分为三个阶段。

0～2岁，这段时间主要发展基础功能，比如颈部、肘部等关节的功能。

2～4岁，动作朝着精细化的方向发展，比如说宝宝学会拿叉子了，以前可能拿起过，但那只不过是随便抓起来玩耍，是无意识的动作。

4～6岁，这个时期，宝宝身体的各个系统、各个动作的功能已基本完善，因此，这段时期是宝宝开始把各个不同的系统整合、动作协调一致发展的过程。

父母应根据宝宝成长的不同阶段，有意识地锻炼宝宝，以提高他的运动智能，游戏则是非常有效的方式。游戏活动可以为宝宝提供大量的动作经验，比如跑、跳等，而且为身体的各个功能提供了整合的机会，帮助宝宝协调一致地发展手、腿等各个关节。

下面来看看培养孩子运动能力的游戏吧！

**体育运动法之球类游戏**

 **游戏目标**

锻炼孩子手、脚、眼的协调能力，促进孩子的右脑发育。

**准备工具**

球。

**运动方法**

家长可多带孩子到公园等环境比较好的地方去玩球。可以规定孩子只能用左脚踢球，家长和孩子比赛，看谁能先把球带到指定的树。把踢球变成拍球也是不错的方式，可以以竞赛的形式进行，都要用左手拍，看谁拍得最多、最好。

  亲子间交流

1. 你和爸爸谁拍球拍得好啊？来，和爸爸比比看。

2. 爸爸快要胜了哦，宝宝你要加油啦。

3. 宝宝真棒，爸爸都胜不过你啦。

### 运动成果

孩子灵活性越来越强，而且把球玩得越来越好。

### 经验小结

孩子都挺爱动的，只要家长拿出耐心来和他们一起玩耍，孩子就会在你的爱中，收获到无穷无尽的财富。

**适合年龄：**3～6岁。

**体育运动法之跳操**

 运动目标

1. 活化脑部机能，提高注意力和思考能力。

2. 提高大脑的记忆力和创造力。

### 准备工具

适合做操的软垫。

 运动方法

站在软垫上。家长做，孩子从旁学习。先用双掌轻揉

太阳穴。然后把双手置于脑后，一边吸气，一边将头向前弯。而后，吐气时头向后慢慢仰。幅度不要太大。恢复站立，把双手再放在脑后，自上到下，做揉搓及按压的动作。最后一个动作，双手交握，相互交叉，右手大拇指在上及左手大拇指在下的动作，交替进行。

1. 宝宝，妈妈要做操了，你来跟妈妈一起做好吗？

2. 对了，宝宝要像妈妈这样，吸气。

3. 宝宝要把手这样放，看妈妈这样做。

**运动成果**

孩子可以自行完成动作。

**经验小结**

孩子的平衡能力还很差，因此家长不要强求，要从简单的动作做起，循序渐进，不可心急。

**适合年龄**：5～6岁。

此外，人类的大脑蕴藏着极大的潜能，而这种潜能的发挥在很大程度上取决于生命初期的右脑开发。孩子的右脑就像是一个星际里的一颗神秘的星球，只要充分开发定会挖掘出丰富的宝藏。看起来似乎很遥远，实际上却并非

难事，大脑皮层的各个不同区域分别联系，控制着人的各种功能，其中控制手的运动的大脑皮层部位的面积很大，所以手的灵敏运动能够使大脑的很大区域得到训练。下面介绍几种适合 4～6 岁孩子玩的全脑运动法的游戏。

**全脑运动法游戏之一：手指木偶**

 运动目标

1. 锻炼孩子的手指灵活度。
2. 开发孩子的右脑。

运动工具

易洗的水彩笔或指偶。

运动方法

家长要融入到孩子的活动中去。家长和孩子一起用水彩笔在手指头上画上各种有趣的图案，或在手指上套几个指偶，然后就可以开始游戏了。先可以玩"一家人"的游戏，手指上画的分别是爷爷、奶奶、爸爸、妈妈、女儿、儿子等。然后让孩子按照家长的指示模仿这些人物的出场动作，或是动态表演等。也可以把指头画成森林里的各种动物，让孩子来进行模仿，这种妙趣横生的游戏方式孩子一定会十分喜爱。

## 交流

1. 宝宝，你让拇指爷爷出场吧，爷爷应该是什么样子的啊，你来表演一下吧？

2. 儿子和女儿要吵架了，妈妈要过来批评他们了，妈妈要怎么做啊？

3. 爸爸早晨要上班去啦，爸爸走之前都要做些什么事情啊？

## 运动成果

孩子手指、脚趾的灵活度有所增强。

## 经验小结

孩子一玩就会爱上这个游戏，如果角色过多，家长也可以借此机会让孩子的脚趾也参与到游戏当中，让孩子的四肢得到充分的活动。

**适合年龄：** 4～5岁。

**全脑运动法游戏之二：打弹珠**

## 运动目标

1. 锻炼孩子的左肢，刺激孩子的右脑发育。

2. 增进家长与孩子之间的情感。

 准备工具

弹珠若干、积木。

### 运动方法

以竞赛的形式进行，全家人都要参与到活动中来。拿出弹珠来，先定好弹珠要到达的初始位置，拿后在定好的位置上用积木搭上一个球门，然后，每个人轮班用左手弹击弹珠，如果弹到了指定的位置，那么弹珠就归谁所有。等孩子能准确地弹到地方后，再把初始位置的距离变长，加大难度。

 交流

1. 爸爸先来，先给宝宝做个示范，看好喽，爸爸要开始喽。

2. 宝宝，你来弹一个，看看我们的宝宝厉害不？

3. 没关系，已经很棒了，再来一次，宝宝一定可以的。

### 运动成果

孩子弹击弹珠的能力增强，准确度增高。

### 经验小结

全家人最好都参与到游戏当中，并且，要多多给予孩

子鼓励，让他的士气保持在最佳的状态。

**适合年龄：**4～5 岁。

**全脑运动法游戏之三：挑线游戏**

 运动目标

1. 锻炼孩子手指的灵活性。

2. 刺激孩子的右脑发育。

 准备工具

毛线、绒线等各类线。

 运动方法

家长要事先准备一些没有用的毛线及各类线，混在一起。然后，家长与孩子一起来玩竞赛游戏，定好比赛规则，看谁能在这一团乱线中以最快的速度找出 10 根同类或是同颜色的线，并且还要一根一根地收拾好或把一根一根线打结，连成一线或是把每条线都系成一个又一个漂亮的线圈。

交流

1. 开始。妈妈要领先喽，宝宝，你要快哦。

2. 宝宝你好棒啊，妈妈追不上你了。

3. 哇，宝宝做了这么线圈啦，看来妈妈要输掉啦。

 **运动成果**

孩子挑线、打线结的速度增快。

 **经验小结**

游戏总是多样性的，家长要注意举一反三。比如说，线还可以做成各种漂亮的东西，也可以摆出许多种类的图形，让孩子的创造能力得以充分发挥。

**适合年龄：** 5～6 岁。

## （六） 互动游戏

**玩具名称：右脑记忆对对碰**

**玩具特点：** 在孩子游戏过程中不知不觉地提高孩子的记忆力、注意力、思维能力。

**玩具之玩法一：和父母一起玩**

**游戏方法**

把一张卡片放入木盒中，接着将圆盖放在木盒上面的凹槽里，双手同时拿开两个圆盖对比露出的两幅图，如果相对应就继续游戏，不对应则放回圆盖重新选择（见图 18）。

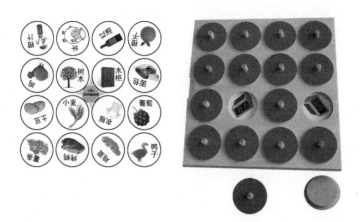

图 18

## 玩具之玩法二：和朋友一起玩

**游戏方法**

　　先将卡片放进木盒中，安排好大家玩游戏的先后顺序。每人每次拿开两个圆盖，如果两幅图相对应，就将圆盖留在自己手里当作得分；拿开圆盖，得到两幅相对应图的人可以继续游戏；如果不是相对应的图，圆盖放回去，换下一个人进行游戏。16 幅图全部对应上之后游戏结束，得分最多的人获胜。

# 第六章

# 游戏是孩子最好的课堂

　　游戏是孩子成长过程中的伙伴，每个孩子都爱玩，这是天性所决定的，如何使孩子在游戏中得到快乐的同时，让游戏变为孩子学习的课堂，这是不少专家所研究的方向。处于不同年龄段的孩子都有适合自己的游戏，在本章的内容中，家长可以找到合适的答案。

 **0~6个月宝宝的游戏方法**

面对尚在襁褓中的孩子，家长一定很着急，"他什么都不懂，怎样和他做游戏呢？"别急，让我们一步步来帮你搞定。

### 1. 游戏体验之听声音

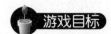 **游戏目标**

引起孩子的注意，让孩子积极热衷于与你进行"对话"。

**准备工具**

风琴或摇鼓。

 **游戏方法**

手拿风琴弄出声响或轻轻晃动摇鼓，逗孩子玩。

 **交流**

与孩子做互动。

- 宝宝，好不好听啊，你喜欢吗？

- 宝宝，你听听看，"咚咚咚"，你也来学一个？

- 咦？你听听，妈妈拿得这个风琴的声音和摇鼓动的声音是不是不一样啊？（说话的同时展示给孩子看哪个是风琴，哪个是鼓。)

多次进行此游戏之后，孩子会对声音特别敏感且表现出兴趣满满的样子。

### 经验小结

对于婴儿来讲，他们也是特别渴望家长的关注和陪护的。如果你可以和他一起做游戏，他就会表现得十分高兴。

### 2. 游戏体验之荡秋千

### 游戏目标

让孩子乐于其中，动手去抓取，锻炼孩子手眼的协调能力。

### 准备工具

颜色鲜艳的丝带（在这个时期，孩子的色觉还不发达，因此最好使用黑白或者单纯而鲜明的颜色）、会发声的毛绒玩具或是能引起孩子注意的小东西。

### 游戏方法

用颜色鲜艳的丝带把毛绒玩具绑上，家长一头扯着丝

带，让毛绒玩具悬挂在孩子的面前，然后慢慢地移动，上下左右，吸引孩子的眼神跟上你的移动。而后，可以把玩具靠近孩子小手的地方，启发他伸手去抓。面对在上方缓缓做小幅度摆动的玩具，孩子肯定会出手的。把毛绒玩具的开关打开让它发出声音，孩子的兴趣就会更加浓厚了，大有不抓到不罢休的架势。另外，别忘了，如果孩子抓到了一定要及时地给予鼓励，这样才会让游戏的效果更好。

 交流

说一些引导性的话语。

● 宝宝，你看，这是什么啊？（把毛绒玩具吊在孩子面前时，温柔俏皮地问。）

● 咦，宝宝一定会抓到的。对不对？

● 差一点了，差一点点，可爱的小玩具就是宝宝的了。

● 真棒啊，妈妈服了，宝宝太厉害了，妈妈好爱你。（孩子抓到玩具后，家长要在孩子的额头上亲吻一下，以示鼓励。）

 游戏成果

这样的游戏会起到刺激孩子视觉系统发育，并锻炼孩子手眼协调的作用。

## 经验小结

要把孩子萦绕在爱的氛围之中，这对教育是十分重要的。

## 3. 游戏体验之辨声音

### 游戏目标

训练孩子分辨出各种声音，锻炼孩子对声音的敏感度。

### 准备工具

任何可以发出声音或弄出声响的玩具或物品。

### 游戏方法

家长要在孩子的周围开展游戏。不要离孩子太远，用说话的声音或是用物品制造出各种声响来让孩子分辨声音是从哪个方向传来的。大人可以利用家里的不同物品或是敲击引发声响，或是用玩具发声，或是随时变换和孩子讲话的音调来训练他去分辨各种声音。妈妈的声音是孩子的最爱，所以妈妈可以面对面地和孩子说话，时而愉快、亲切；时而学男声粗声粗语；时而又学各种小动物的叫声，这些做法都会引发孩子对大人的声音、表情、口形的注意，从而诱发孩子良好、积极的情绪和发音的欲望。

讲一些可以引发孩子注意的话。

● 宝宝，你听听，妈妈的声音像不像爸爸？（学男声时，可以问孩子。）

● 宝宝，原来你知道声音是从这里发出来的啊，真聪明。（在周围发出声响后，孩子随着声音转头的时候。）

● 汪汪，汪汪，宝宝，小狗叫你会吗？喵喵，可爱的小猫咪的叫声。

● 宝宝怎么这么聪明呢，一听就会啊，太聪明了。

孩子可以分辨出各种声音。

变换音调当然是好办法，但是家长一定要注意的是，万万不要突然使用过大的声音，这样的话孩子很可能会受到惊吓而大哭不止。

## 4. 游戏体验之刷身体

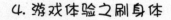

让孩子进入到欢快的状态中，促进孩子的触觉系统的

发育。

 **准备工具**

一把颜料刷或者大号的油画笔（质量要好，注意不要掉毛，否则容易被孩子吃到嘴里）、软垫，不要让孩子穿得太多，室内温度要舒适。

**游戏方法**

家长把孩子抱在怀里，游戏先从孩子的脚趾头开始，用颜料刷轻轻地刷宝宝的脚趾头，一边刷一边给孩子唱些儿歌。可以唱自己熟悉的儿歌，也可以自己根据情景自己编唱儿歌。如果家长不会唱歌也可以一边刷一边和孩子进行交流。比如说刷到什么部位就告诉他是刷在哪里了。家长可以把孩子放在软垫上，然后像刷脚趾一样，继续轻刷宝宝的脚心、脚背。如果孩子不时咯咯地笑，表现出喜欢的样子，家长就可以向上接着刷了（比如宝宝的小脸颊、手指、手心、手背以及身上、背上），让孩子感觉到欢快的氛围。

**交流**

游戏中的只言片语举例。

- 宝宝，妈妈现在刷的是你的小小脚趾头哦，痒吗？
- 现在妈妈要开始刷宝宝的小屁屁喽。

- 小宝宝，爱刷刷，妈妈一刷笑哈哈。
- 宝宝爱妈妈，妈妈爱宝宝……

 **游戏成果**

孩子不仅感到欢乐还在其中受益良多。

**经验小结**

在与孩子进行这个游戏的时候，最关键的是要求家长一边刷一边和孩子进行对话或者唱歌，只有这样才能和孩子进行互动，达到锻炼孩子触觉系统发育的效果。

# 二、7～12个月宝宝的游戏方法

孩子比之前逐渐地健壮起来，开始有了说话、走路的欲望。所以，家长给孩子安排的游戏内容也要有所改变了，这是一个从眼神及听力训练向语言、行动偏移重心的开始。下面，我们向家长介绍一些可以帮助孩子们增智且促进健康的游戏。

## 1. 游戏体验之过障碍

**游戏目标**

让孩子爬过或移走障碍，鼓励孩子站起来（宝宝 10 个月左右)。

毛绒玩具多个。

孩子会爬后家长就可以和孩子进行这样的游戏了。在孩子爬行的路径中放置毛绒玩具，家长可以拿着能够引起孩子注意的东西，在路径终点引诱孩子进行爬行。孩子受到家长手里东西的吸引，就会在计划好的路线上爬行。一路上由于毛绒玩具的阻碍，孩子会把它拿走或直接爬过去以保证他可以拿到他想要的东西。到达目的地之后，家长要让孩子抓住他想要得到的东西，并且教他怎样在两只手中传递东西。

交流

● 宝宝，你爬过来吧，你把小兔子（毛绒玩具的名字）拿到一边去吧！

● 宝宝，熊熊（毛绒玩具的名字）太大了怎么办啊，宝宝直接爬过来好了。加油哦，宝宝，看妈妈手里的玩具多漂亮啊。

● 妈妈的宝宝可真棒啊，太聪明了，太能干了。

 游戏成果

在经过几次这样的游戏之后，孩子会更加熟练地面对"道路"上的难题。

### 经验小结

在游戏的过程中，家长要想方法让孩子顺着自己设计好的路径爬行才会使自己没有白费工夫。

## 2. 游戏体验之喂动物

### 游戏目标

教孩子开口讲话，培养孩子的观察能力。

### 准备工具

动物玩具（小兔、大熊等都可以）、塑料碗、勺子。

### 游戏方法

在孩子的面前把小兔、大熊等玩具摆好，家长可以先给孩子做出示范，拿着塑料碗和勺子，把勺子凑向小兔的面前然后说："给兔兔吃一口饭吧。"然后再把勺子放到大熊的嘴边说："大熊也饿了，也给大熊吃一口饭吧。"然后再对孩子说："它们说了都没有吃饱啊，要宝宝喂它们。

来，宝宝来喂吧。"孩子照做后，家长要在一旁给予暗示和提醒，如果孩子做错了，也不要马上批评或指责，而是要耐心地给予讲解。比如说，"那是兔兔吗？宝宝，兔兔长着很长的耳朵哦。""熊熊长得很胖，是棕色的哦，小兔兔才是白色的呢。"家长通过指出动物的特征的方式来帮助孩子对号入座。

### 游戏成果

这种有趣的方式会让孩子更愿意参与到学习中去，对说话的渴望度也会有所增高。

### 经验小结

家长教育孩子的时候要防止机械、呆板的填鸭式教育。只有轻松愉快的氛围才会让孩子的智力发展得更快更好。

### 3.游戏体验之藏玩具

### 游戏目标

让孩子的记忆力得以锻炼，集中孩子的注意力。

### 准备工具

一个孩子喜爱的小玩具。

 游戏方法

　　当着孩子的面，家长把孩子平时很喜爱的一个小玩具藏在右手里，然后把两只手都背在后面，而后再把双手伸到孩子的面前来，让小玩具仍然保持藏在右手中。伸直手让孩子看见右手里的玩具。这样反复做上几次加深孩子的印象，最后一次，家长把双手伸到孩子面前的时候让右手在孩子的面前紧握住小玩具，而后让孩子自己去取玩具，看看孩子会伸向哪只手。如果孩子注意力一直集中在家长的右手而向紧握的右手里去取玩具的话，这就说明了孩子已经记住了刚才的行为。几天以后，家长再和孩子进行此游戏的时候，看看孩子能否在第一时间去右手找玩具。

 交流

- 宝宝，你要认真地看哦。
- 妈妈把宝宝的玩具变到哪里去了呢？
- 宝宝好聪明，小玩具也逃不过宝宝的眼睛啊。

 游戏成果

　　有助于孩子记住一些简单的小事情。

经验小结

　　这个游戏特别适合处在6～9个月的孩子来玩。

## 4. 游戏体验之摇杯子

### 游戏目标

让孩子学会模仿，提高孩子的记忆能力。

### 准备工具

小球一个、茶杯。

### 游戏方法

家长当着孩子的面抓起一个小球放进茶杯里，然后拿起杯子摇几下，再把这些道具放在一边。过一小时后，家长把开始用的那些道具交给孩子，观察他是否会模仿大人的做法去摇晃杯子。如果孩子可以成功地模仿出来这些动作，那么就可以把相隔的时间加长，隔一天、隔一周，甚至隔上一个月，再像上次一样把道具交给孩子，看看孩子还能否再去模仿大人的做法去摇晃杯子。

### 交流

● 宝宝，你看好妈妈要怎么做哦。

● 宝宝，把这个小球和茶杯给你，你看看能像妈妈刚才那样做吗？

● 宝宝要是不会做也没有关系，妈妈再做一次，你要

看好哦。

 游戏成果

这个游戏方法不仅可以增强孩子记忆动作的能力，还可以让他体会到摆弄物品的乐趣。

 经验小结

对于 9～12 个月的孩子来说，他们不仅具有记忆力，而且已经有了模仿的能力。他的大脑可以记住发生在眼前的事情，并且通过记忆去模仿这些行为。随着时间的推移，孩子将会逐步地记住并模仿更为复杂的动作，并且记忆保存的时间也会更长。

## 5. 游戏体验之模模看

 游戏目标

锻炼孩子的触觉感觉，让孩子认识五官。

 准备工具

积木、小球、枕头等。

 游戏方法

家长可以准备一些不同材质的物体，例如积木、小球、

枕头等。家长把孩子抱坐在怀里，然后向他出示不同的物体。把积木拿给孩子，让他摸摸看，并告诉他这是硬的；而后放下积木，再把枕头拿给孩子摸，然后告诉他这是软的；再拿出小球让孩子也摸一摸，告诉他这是圆的。

不仅如此，摸摸看还可以用来教孩子来辨认五官。家长可以指着自己的眼睛说"眼睛，眼睛"，再指着孩子的眼睛说"眼睛，眼睛"，说话的同时，让他的小手摸摸他自己的眼睛。为了让孩子更加明了，家长还可以做出一些动作，比如说眨一眨眼睛，并让孩子来模仿。再用同样的方法训练婴儿认识其他五官。

### 交流

● 宝宝，积木好硬呢，你来摸摸看。

● 宝宝，枕头不一样啊，枕头好软的，和积木不同呢，你来摸摸看。

● 宝宝指指妈妈的鼻子在哪？眼睛呢？嘴巴呢……

### 游戏成果

不仅锻炼了孩子的感知能力，还能让孩子对事物有所认知。

### 经验小结

这个游戏适合 10～12 个月的孩子来做，触一触，摸一

摸对孩子的智力开发十分有益。

 **12～18个月宝宝的游戏方法**

处在这个阶段的孩子还不能玩太复杂的东西，虽然他们现在可以站立了，甚至可以走上几步了。可是他们仍然主要以视觉、听觉和触觉来和这个世界进行亲近。他们仍然喜欢凑得很近看人们的脸，喜欢可移动的东西、喜欢色彩鲜艳的并且有声音的东西……

### 1.游戏体验之找异同

 **游戏目标**

增强孩子的观察能力，锻炼孩子的视觉分辨能力。

**准备工具**

娃娃类的玩偶（1个或2个）、玩偶的若干件色彩鲜艳的衣服。

 **游戏方法**

家长可以给一个玩偶换上不同的衣服，或是选择两个相近但是有一定差异的玩偶。家长要先拿出其中一种玩偶让孩子

看，看过之后，再把另外一个展示出来给孩子看，让他找出来两者之间有什么不一样。如果孩子很快就能分辨出大体的不同（比如衣服的颜色等），家长就可以把不同点做得细一点，比如说在其中的一个玩偶的头发上拴一个小头花等，由粗到细，由简到难，这样才能更好地达到训练孩子视觉分辨能力的目的。

### 交流

● 宝宝，你看看，这两个玩偶是一样的吗？

● 宝宝，这两个"小宝宝"是双胞胎，你看看它们有什么不同吗？

● 妈妈怎么看不出来，它俩哪里不一样呢？宝宝能帮助妈妈吗？

### 游戏成果

通过练习，孩子可以很快地把不同点找出来，并且观察能力越来越强。

### 经验小结

游戏是循序渐进的过程。在游戏的过程中，一般时候孩子都很容易发现比较明显的不同，但是对于很细微的差别孩子就不一定会发现了，这时家长不要操之过急，可慢慢引导、提示孩子，帮助他找出不同点。

## 2. 游戏体验之水果乐（两组游戏）

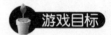 **游戏目标**

锻炼孩子的味觉器官，增加孩子的嗅觉经验。

**准备工具**

8个空茶杯，4种不同的果汁，苹果、桃、梨、香蕉等水果各2个，盘子若干个。

**游戏方法**

家长把8个空茶杯分别装入4种不同的果汁各两杯，然后让孩子逐杯品尝，并让他把相同味道的杯子放在一起，配成4对。看看孩子是否能准确地尝出味道并加以配对。家长将苹果、桃、梨、香蕉等水果各取一个，切成小丁分别装在不同的盘子里。然后，再将苹果、桃、梨、香蕉等水果作为模型摆在桌子的另一边，让孩子分别品尝盘中的水果丁之后，找出相对应的水果模型。

 **交流**

第一种：

- 宝宝，你尝一尝这些果汁哪些是一个味道的？
- 你能把味道一样的果汁分在一起吗？

● 宝宝可真厉害，都分对了，你喜欢喝哪种，就作为你的奖励了。

第二种：

● 宝宝，你尝一尝这个盘子里的？看看是哪个水果。（把水果模型展示给孩子看。）

● 看啊，这么多种水果丁呢，宝宝你吃吃看，看你能不能给它们找到妈妈。

● 你都找对了，恭喜啊！那你告诉妈妈你最喜欢吃哪一种呢？妈妈就把那种水果送给宝宝。

**游戏成果**

孩子尝试多种味道并且可以做出准确的判断。

**经验小结**

孩子的味觉也是需要家长去启蒙的，让孩子学会尝试不同的味道，分辨不同的味道，对右脑开发来讲也是一个必要的前提。

### 3. 游戏体验之音乐呼啦圈

**游戏目标**

引导孩子配合音乐的开始及结束做出反应，刺激孩子

的听觉器官。

 准备工具

悦耳且活泼的音乐。

 游戏方法

家长把音乐放开，轻轻地牵起孩子的双手，使自己和孩子的双手相握形成一个小圈圈，然后，家长带着孩子合着音乐的节拍按顺时针的方向踏步走，注意要顺着孩子的速度，不能过快。等一段音乐结束后，也引导着孩子慢慢地停下来。

 交流

- 来吧，宝宝和妈妈一起转圈圈。

- 好玩吗？宝宝要不要再来一次啊？

- 宝宝做得真好，宝宝自己来做一次让妈妈看看宝宝有多棒。

 游戏成果

孩子从不熟悉到熟练的过程，会增强孩子的协调能力以及音乐节奏感。

 经验小结

也许在这个游戏的初期孩子还对音乐不熟悉，但是家

长要保有耐心地带着他一起去做，大约陪着孩子做 2~3 次之后，就可以鼓励孩子自己去进行尝试了。

## 4. 游戏体验之模仿秀

### 游戏目标

提高孩子的专注力和视觉追视能力，加强孩子的情境理解力，促进模仿动作的发展，增强想象力和创造力。

### 准备工具

适合的场地即可。

### 游戏方法

家长和孩子一块坐在地上。家长先做示范，比如家长做四肢着地爬行，学小狗走路的样子。然后，从旁引导和鼓励孩子跟着做。而后，家长在示范小狗动作的同时模仿小狗的叫声，孩子就会跟着家长也来进行模仿。为了增强孩子的兴趣，家长也可以和孩子一起学小狗的动作从房间的一边爬到另一边，比赛看谁爬得快（家长不仅可以学小狗，还可以学猩猩，兔子等多种动物）。

### 交流

- 我们一起来学小狗走路，好不好？宝宝要是不会，

妈妈先做给你看，好不好？

- 你学会了吗？来，宝宝也试试，很好玩的。

- 那么现在妈妈要和宝宝进行比赛了，看看宝宝能赢还是妈妈能赢，好不好？

 **游戏成果**

让孩子的身体得到锻炼，并且提升孩子对事物本身的认知。

 **经验小结**

这个游戏是让孩子从坐姿转换成四肢着地的爬行姿势，这对孩子来讲是一种很好的模仿动作发展练习。模仿动物的爬行可以让孩子的身体运动、智能得到提升。

## 5. 游戏体验之光影变化

 **游戏目标**

培养孩子的求知、探索的精神，增进孩子的追视能力及眼球协调性。

 **准备工具**

玻璃纸 3 张、手电筒。

**游戏方法**

　　家长先把漂亮的玻璃纸拿出来，在孩子眼前晃一下引起孩子的注意。然后取其中的一张盖在手电筒上，再把手电筒打开，孩子的兴趣一定会随着漂亮的颜色被激发出来。家长再把另一张玻璃纸覆在刚才手电筒上的那一张上，变化出不同色彩。孩子肯定会特别喜欢。而后，家长可以让孩子自己拿着手电筒（要选用重量较轻的），引导他自己打开开关。两个人对着墙壁或天花板照射，让孩子感觉到光影的变化。这个游戏也可以在孩子 2 岁以后接着玩，到那时，家长可以把游戏的难度加大一点，引导孩子在天花板上或墙壁上画画直线、圆圈等。

**交流**

　　● 宝宝，你看这个颜色漂亮吗？

　　● 它为什么会发出这么漂亮的光呢，你看那里（手指手电筒在天花板或墙壁上留下的光影）。

　　● 好看吗？宝宝自己也来试一试吧。

**游戏成果**

　　孩子从色彩变化中寻找到从来没有感受过的乐趣。

 经验小结

这种简单的色彩变化的游戏对孩子是十分具有吸引力的，保证他在整个过程中都非常高兴，所以家长无需担心孩子不配合。

## 四、18个月~3岁宝宝的游戏方法

家长要做孩子的"旁边人"，虽然孩子此时对事物有了认知，但是仍然处在"迷惑"的状态下，需要家长从旁启发、提示。家长朋友们，一起来试试看吧。

### 1.游戏体验之找找看

 游戏目标

增强孩子的视觉辨别能力，加强孩子的独立思考能力和判断力。

准备工具

2~3组不同颜色或不同形状的图卡及小玩具（处在这个阶段的孩子已经有了基本的形状概念。这时他们往往对鲜艳的色系有高度的兴趣。所以，我们要选择色彩鲜艳的，如黄色、红色等)。

 游戏方法

家长先把事先准备好的 2～3 组不同颜色或不同形状的图卡及小玩具摆放在孩子的面前,让他把相同颜色或相同形状的放在一起。以上的游戏,1 岁到 1 岁半的孩子都可以玩。当然,这种游戏也是可以延伸的,其方法就是同时结合颜色、形状两样元素的配对游戏。这种游戏方法由于在原先的基础上增加了难度,比较适合于 1 岁半以上的孩子来玩。

## 交流

● 宝宝,你能告诉妈妈哪些是黄色的卡片吗? 能帮助妈妈把它们挑出来吗?

● 宝宝,这里哪些是圆形的,妈妈分不出来,你能帮助妈妈吗?

● 和妈妈来比赛好不好,看谁先能把方形的都找出来,看谁能赢。

## 游戏成果

孩子不断练习,玩得多,便可越来越熟练。这对孩子的智力开发十分有益。

### 经验小结

市面上买的启蒙玩具造价都比较高，所以，家长有空的时候，也可以自己制作一些简单的图卡和小道具，其效果是一样的，而且更为经济实惠。

## 2. 游戏体验之捉迷藏

### 游戏目标

学习躲藏和寻找，刺激孩子的好奇心及探索的乐趣，训练孩子行走及提高孩子表达意见的欲望。

### 准备工具

各种小玩具若干个。

### 游戏方法

家长可以和孩子在游戏上一起做互动。一般做捉迷藏有两种方法。

**第一种　藏玩具**

家长可以和孩子玩比比看的游戏，家长和孩子轮流来藏玩具，请对方寻找，比比看谁厉害。但是，家长在藏的时候一定要有提示性的语言，比如说："我把小玩偶藏在……了。"找到的时候要对孩子说："我是在……找到的。"在游戏的过种中，家长可以适当地引导孩子去学习和理解一些带有方向的词语，比如说，"下面"、"上边"、"背后"、"前面"、"后面"等。也许孩子在开始的时候不能理解，可是通过游戏的方法，孩子不久就能体会到了。

**第二种　躲猫猫**

这个游戏要求孩子可以走稳的时候进行。家长和孩子一同进屋后马上躲在门的后面，这时孩子就会很着急地找你。你就小声地叫他的名字，孩子就会顺着你的声音找来了。而后，家长可以鼓励孩子也去藏起来，和孩子轮流玩找和被找的游戏。

第一种　藏玩具

● 宝宝你要看清楚哦，妈妈把小玩具藏在小熊的下面了，变变变，没了。咦？小玩具哪里去了？

● 宝宝，你再来藏一次，让妈妈来找找看。

● 宝宝，你藏的玩具，妈妈是在你的小熊下面找到的哦。

第二种　躲猫猫

● 哇，宝宝你好棒哦，真聪明，孩子一下就找到妈妈了！

● 这次换妈妈来找宝宝好不好？

● 咦，真是的，宝宝怎么藏得这么好，怎么找都找不

到呢？（当宝宝藏好后，你在他的身边，不要轻易地就把他找到，要装作没找到的样子努力找。）

 游戏成果

经过家长多次在不同地方躲藏，孩子也知道可以躲起来的若干地方，渐渐地会自己发现新的藏身之处。

经验小结

虽然游戏很有趣，但是家长在和孩子玩的过程中一定要注意安全，不要让孩子躲藏在衣柜内和大的衣箱内，因为密封的箱子和衣橱不透气，孩子藏身过久会发生窒息。

### 3. 游戏体验之捏面团

 游戏目标

锻炼孩子双手的灵巧，发挥孩子的想象力。

准备工具

一小团面、一点盐、1~2滴甘油、1~2滴蜂蜜、水彩颜色。

游戏方法

首先家长要把小面团做一下处理。加一点盐和1~2滴

甘油使面团保持湿润，加1～2滴蜂蜜使捏出的东西干而不裂，表面完整。然后，把面团交给孩子。特别是在家里包饺子的时候不要怕孩子添乱，而是要让他参与其中。他会学大人的样子将面团搓圆，用手掌压扁，或者搓成条。当家长在擀面的时候，不妨给孩子递上一根筷子做小擀面杖让他跟着大人的样子学。而后，家长也可以教孩子做一些花样，比如捏一个小兔子、一个小房子等。孩子对这样的游戏是十分喜爱的。

 **交流**

● 宝宝，妈妈在包饺子给宝宝吃，那你也学着妈妈的样子包饺子给你的大熊（玩具）吃好不好？

● 宝宝捏的是什么？让妈妈看看，是小帽子吗？可真漂亮。

● 你给妈妈捏个球儿怎么样？宝宝是不是不会呀？你捏一个妈妈看看。

**游戏成果**

孩子渐渐地可以凭自己的想象做出很多花样。

**经验小结**

有些家长会问，橡皮泥不就好了吗？怎么这么麻烦。实

际上橡皮泥的作用也是一样的，可是处在这个阶段的孩子还很小，容易把手指放在嘴里，所以玩具还要以安全性为准。

### 4. 游戏体验神奇的纸盒

**游戏目标**

通过触觉和视觉来进行判断，训练孩子的感官，促进孩子右脑的发展。

**准备工具**

家里使用过的纸巾盒或是其他的空盒子在上方开一个洞，玩具、糖果、水果。

**游戏方法**

家长在准备好的盒子里，放一些玩具、糖果、水果等，让孩子把一只手伸进盒子里去摸一摸，然后在他要拿出来之前让他说出"摸到了什么"，而后再让他把东西拿出来，对照一下看看孩子说的对不对。对大一点的孩子，家长可以给他否定的指令。如"请你把不可以吃的东西拿出来"，"请你把不是圆的东西拿出来"等。

**交流**

● 宝宝，妈妈想吃草莓，你能把草莓摸出来拿给妈妈吗?

● 看,宝宝,妈妈这里有个糖,如果宝宝能把盒子里的橘子摸出来,它就是你的了。

● 妈妈来和你比赛,看谁先能把圆的东西都找出来好不好?

 **游戏成果**

几次训练后,孩子就可以准确地拿出他们想要的东西了。

**经验小结**

游戏是要讲究趣味性的,所以家长可以用一些奖励的方法,比如说,如果孩子拿对了糖果,就把糖果奖励给他吃;同样,要是孩子拿错了,糖果就归家长吃等。

## 5. 游戏体验之猜拳乐

**游戏目标**

1. 让孩子的左手多做运动。

2. 促进孩子右脑发育。

**准备工具**

玩具若干个。

135

 游戏方法

家长带着孩子一起玩"石头、剪子、布"游戏，但是，要求孩子在全过程中都要用左手完成。谁赢得多，玩具就归谁。

 交流

1. 妈妈这回可一定要赢过宝宝啦，你要注意哦。

2. 宝宝，你刚才出剪子，这回我要出石头啦，一定要赢你。

3. 宝宝太厉害了，我们再出 10 次。

 游戏成果

孩子乐在其中，会爱上这个游戏。

经验小结

我们都知道，多用左手可以开发孩子的右脑，这是因为左手的动作是由右脑支配的。所以，在日常生活中，我们应该培养孩子多用左手的习惯，不仅仅在游戏中，还渗透在日常生活中，比如说要求孩子左手关灯等。

 五、3～6岁宝宝的游戏方法

孩子大了，可以玩的游戏逐渐多了起来，家长不如充

当孩子的朋友融入到孩子的游戏世界中去，引导孩子聪明健康地成长。

## 1. 游戏体验之皮球朋友

### 游戏目标

在四肢运动与脑神经系统反复作用过程中，使孩子的四肢得以充分的运动。在脑神经系统的作用下，促进大脑皮层和神经细胞的发展。

### 准备工具

皮球、绳子、毛绒玩具若干。

### 游戏方法

1. 爸爸双脚分开当球门，妈妈和孩子轮流用左脚来射门，比一比谁的命中率高。

2. 家长和孩子轮流用左右手进行拍球运动，并且可以用比赛的形式来一决高下，比如说，"看谁能把球拍得最高"，"看谁能把球拍得最低"等。

3. 家长用一条绳子把球固定在比孩子高 10～20 厘米处，鼓励孩子双脚向上跳，用头顶球。家长可以在一旁做计分员，积累到一定的分数就给孩子一定的奖励。

4. 让孩子学着用左右脚配合着在地上运球。让孩子通

过这种方式把球送到指定的地点。

5. 在不远处，把若干个毛绒玩具摆成一排，一家人打比赛，用左手抛球，看谁能把玩具打倒的最多，谁就是最后的胜利者。

• 宝宝，你有决心胜过爸爸、妈妈吗？

• 宝宝你看，你能像爸爸这样（左右脚轮流运球）把球运到大树那里吗？

• 加油，看宝宝顶球能顶多少下。

让孩子的左部肢体充分得到锻炼。

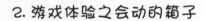

家长要注意孩子在游戏时的安全性，做游戏时如果是在室内要保证游戏区内无坚硬的棱角等，防止孩子在游戏中不小心摔倒后撞到或磕到。

## 2. 游戏体验之会动的箱子

### 游戏目标

让孩子体味到游戏的乐趣，锻炼孩子的身体平衡感，发展孩子的右脑功能。

 **准备工具**

电视或其他大件物品的纸板包装箱。

**游戏方法**

家里买电视或其他大件物品的纸板包装箱都可以成为孩子游戏活动中的宝物。家长可以让孩子钻到箱子里缩紧身体，然后问他"准备好了吗？"得到应声后，开始滚动纸箱子。

**交流**

- 宝宝，让我们来开始纸箱大冒险的活动吧，小勇士你准备好了吗？
- 我家宝宝真是太勇敢了，妈妈都不敢这样做。
- 宝宝，你太棒了。

**游戏成果**

孩子特别喜欢这样的游戏。玩了一次，还想第二次。

**经验小结**

游戏虽然很有趣，但是家长要注意的是在滚动纸箱之前一定要确定孩子准备好了再行动。而且滚动的幅度也要

根据孩子适应情况而定。

## 3. 游戏体验之左右不一样

使孩子能够主动地、自觉地接受教育，左右大脑会不断地受刺激，使脑细胞扩大功能范围，以增强脑的发育。

**游戏方法**

(1) 家长和孩子一同来做屈指动作，左手屈拇指，右手同时屈小指，或者左手屈食指，右手同时屈无名指，动作可由慢到快。

(2) 家长要拉着孩子的一只手，让其掌心向上，然后让他的另一只手的食指放在鼻尖、嘴、眼睛、耳朵上，鼓励孩子随家长拍打手心及喊出的口令及时的给予相应的动作。比如说，家长说"耳朵在哪里？"孩子把手指立刻指向耳朵。

(3) 让孩子做摸腿敲膝的动作，具体做法为，左手心向下摸左大腿，右手握拳，放在右大腿上，喊口令"开始"时，左手前后搓左腿，右拳上下敲右腿。一搓一敲，等双手习惯时再下口令"换"，左右手可交替进行。

**交流**

● 宝宝，妈妈来和你比比看，谁做得又快又标准，好不好？

● 妈妈做不过宝宝啊，宝宝还可以再做一次吗？

● 宝宝真是厉害，教教妈妈，再给妈妈做个示范好不好？

**游戏成果**

孩子的身体与大脑都得到了应有的锻炼。

**经验小结**

这种不对称动作的游戏适合 5 岁以上的孩子玩。健身又益智，还可以作为亲子游戏来增进家长和孩子之间的感情。

## 4.游戏体验之动物大会

**游戏目标**

使孩子的形状认识力和类型识别力得到提升，让孩子用右脑来记忆。

**准备工具**

准备动物玩具若干（4 个以上）。

游戏方法

家长把若干个动物玩具摆成一行，让孩子认真地看一看都有哪几个动物，然后，家长把这些玩具撤下一个，或是在其中多加上一个，然后重新摆成一行让孩子分辨少了哪个或是多了哪个。

**交流**

● 宝宝，你看看，现在在你面前的有什么小动物啊？（最初开始游戏的时候。）

● 宝宝，你再看看，动物家庭里哪个动物宝宝走丢了啊？（撤下一个玩具的时候。）

● 咦？动物家庭里来了一个新客人，你看看，哪一个是新客人啊？（多加一个玩具的时候。）

游戏成果

这个游戏练习一段时间之后，孩子分辨多与少的能力会显著地增强。

经验小结

以右脑的形象记忆方式来培养孩子的识别力，会让孩子的记忆力变得更为出色。

## 5. 游戏体验给妈妈做手镯

### 游戏目标

让孩子加入到多种感官配合的活动中，培养孩子的创造力。

### 准备工具

彩色笔、白纸、手工剪刀。

### 游戏方法

让孩子和自己一起拿剪刀制作，拿起白纸，把它剪成一个一个的环，然后和孩子一起在环上画上自己喜欢的图案和颜色，然后，让孩子把作品送给妈妈做手镯，同样，妈妈把自己做的送给孩子当礼物。

### 交流

● 宝宝，你想送给妈妈一个什么颜色的手镯啊？

● 宝宝，你可以把你想到的最漂亮的东西都画在手镯上啊。

● 画得真漂亮，这是妈妈收到过的最漂亮的手镯了，

谢谢宝宝。

 游戏成果

这个游戏经过一段时间，可以使孩子的动手能力得到增强，同时也可以增进孩子的脑力发育。

 经验小结

这个游戏调动了孩子的多种感官参与其中，是一个既动手又动脑的游戏。然而，在游戏中家长要注意的是游戏的目的并不是孩子做得是否漂亮，而是要引起孩子的兴趣，所以一定要以鼓励和赞扬为主。

##  六、 宝宝玩具的选择

人们的生活水准提高了，对精神层面的追求也必然水涨船高。孩子的玩具早已经不是家长为了让孩子停止哭闹的工具而已了，它已经走进了更深的层面。面对电视上，大街上各种琳琅满目的玩具广告，我们应该如何为孩子添置合适的玩具呢？越新型、越贵的玩具就越好吗？其实并不是这样的，下面让我们来给家长朋友当一次参谋，告诉你如何为各年龄阶段的孩子选购有助于他们智力开发的玩

具吧。

## 1. 0~6个月宝宝的玩具

选择理由：这个时期的孩子太复杂的东西对于他们来讲并不适用，他们还处在喜欢用自己的视觉、听觉和触觉来体会的阶段。所以，玩具的选择要侧重于看、听、摸的上面。

**玩具简介：**

**小挂件类玩具**

这些小东西对于吸引孩子的注意力很管用，只要把它们挂在较低的且孩子可以看得到的地方，孩子的目光很快就会被吸引过去。可以说它们既经济又非常适合孩子玩的小玩具。

**吸吮类玩具**

孩子在这么大的时候大多都对吸吮类的玩具很感兴趣，比如说玩具奶嘴等。只要孩子们能够很容易地抓住，他们大多会把玩具往嘴里送，所以，家长不如选择吸吮类玩具给他们更为合适。

**软的玩具或球类**

玩具最好选择那种制作简单且材料不同的，孩子会十分喜欢。

**小挂图和镜子**

在选择挂图时，最好选择有塑料套膜的那种，镜子则小而轻为宜，把它们挂在孩子的床边上，以保证孩子可以看得到。

**拨浪鼓、铃铛、响环等有响声的玩具**

家长在给孩子选择小玩具的时候，要以能发出声音的为标准，最好孩子在摆弄、吸吮、投掷的时候会有各种声音为伴。

## 2. 7~12个月宝宝的玩具

选择理由：对于稍大一点的孩子来说，他们的能力也有所增强，这个阶段他们可以记住简单的概念并能分辨出他们自己、身体的各部分和熟悉的人。与此同时，他们的好奇心也在随之增长，一旦被什么东西吸引住就一定要弄个明白。比如说，他们会把玩具放进盒里又拿出来，如果你把他们的宝贝藏起来，他们就会不放弃地四处去找。除此之外，他们也开始喜欢模仿发声并慢慢学走路。所以，家长在为孩子选择玩具的时候要以具有认知、运动、培养为目的性的功能作为标准。

**玩具简介：**

### 球

这个是孩子玩具中不可缺少的一员。大小不同、材质不同的球会给孩子带来无穷的乐趣。

### 可移动玩具

孩子在这个时候对玩具也学会了"挑剔"，他们喜欢有轮子且可以移动的玩具汽车或动物等。

### 大而软的积木

积木可以作为孩子创造能力的始发站，孩子可以用它来盖房子、堆长城。而且这种玩具可捏揉也可投掷，从而使孩子的欲望得以满足。

### 填充类玩具

这些玩具应该制作牢实而且没有可以拆下的部分。

### 小桶、小杯和漂浮玩具

这种玩具最适合孩子在玩水的时候使用，不仅会让孩子爱上洗澡也会让家长轻松不少。

### 3. 12～18个月宝宝的玩具

选择理由：孩子开始蹒跚学步了，他们开始寸步不离地跟在你的身后，你的一举一动都成为了他们学习的目标。不仅如此，这个时候的孩子动手能力有所增强，他们喜欢自己来摸一摸、做一做，而且他们也渐渐地爱上听故事，因为他们已经可以说一些简单的话并且可以理解故事中的一些意思了。所以家长为这个时期的孩子选择玩具时一定要遵照以上特征。

**玩具简介：**

**书本**

以那些有鲜艳插图的书为主，这样才会起到吸引孩子眼球的作用。

**着色颜料**

这个时候的孩子大多爱好涂鸦，家长应该给予支持，为他准备一些着色的颜料以满足孩子对涂涂画画的需求。

**音乐盒**

虽然孩子懂得多了一些，但是仍然丢弃不了他们对悦耳声音的热爱。所以那些一动就能叮当响的玩具仍是孩子的最爱。

**牵引玩具**

孩子会走了，他们更加喜欢后面拉着个长着轮子的兔子、大车等。那些可以装卸东西的车，孩子更会喜欢哦，因为他们可以拉着车并让车里载着其他的小玩具，他们会觉得这是一件非常有趣的事情。

**沙盒和装水的器皿**

这类玩具永远是孩子最终爱的，装装倒倒的游戏总会让孩子玩得不亦乐乎。

## 4. 18个月～3岁宝宝的玩具

选择理由：孩子开始变得"独"了起来，他们开始不喜欢和别人一起分享自己的玩具了，他虽然也喜欢和其他的小伙伴玩，但是更多的时间里他更愿意专注于自己的世界里玩那些可以独立操作的玩具，特别是那些模仿成人行为的玩具。

**玩具简介：**

**玩具娃娃**

这对于女孩儿来说几乎是不可缺少的玩具，孩子可以自主地为娃娃洗澡和穿、脱衣服，这让她们觉得趣味无穷。

**橡皮泥**

橡皮泥的柔软和可塑性会使孩子的创造力及动手能力得以提升，也是培养孩子艺术细胞的第一步。现在制造的橡皮泥大都是无毒无害的，家长要注意选择那些对孩子健康的玩具。

**有轮子或可以拉着走的玩具**

这种玩具也是7～12个月孩子牵引玩具的延续。唯一不同的是，家长最好选择有轮子的玩具，这样方便于孩子在室内及室外都可以玩耍。

**玩具电话**

让孩子经常玩电话游戏会满足孩子进行对话和其他语

言游戏的需求。

**叠杯**

叠杯玩具是最变换无穷的游戏，既可叠成高塔，又可缩成一个单杯。这一切都会引起孩子强烈的好奇心，因为这个阶段的孩子已经懂得，藏进杯子里的东西是确实存在的，但是他却看不到，那么他就会一鼓作气地不断探索。

**图画书**

孩子已经认识不少生活中的物品了，图画书在这个时候就像是孩子的一位小老师可以帮助孩子来丰富他的知识。

**玩具车**

两岁末的孩子已经基本上可以控制自己身体的各部位，如果家长有条件的话不如给孩子买一台玩具车，让他自己当司机。

## 5. 3~6岁宝宝的玩具

选择理由：处在这个阶段的孩子认知能力、感知能力都相对成熟，对玩具的选择上范围更为广阔。要以培养孩子的动手能力、思考能力、创造能力为主。

**玩具简介：**

**手工用具**

孩子出自好奇和好动的本能对手工活动会产生莫大的

兴趣。橡皮泥、手工剪等都是送给孩子的最好礼物。这些玩具不仅可以让孩子爱玩的心理得到满足，还会锻炼孩子的思维能力以及协调能力。

### 电脑、学习机

有的家长怕孩子从小沉迷于网络从而杜绝孩子去用电脑。实际上像电脑、学习机这类物品都是一把双刃剑，只要家长把握好孩子接触的尺度，它都可以成为孩子开阔视野、开动脑筋的好帮手。

### 棋类

各种棋类，如跳棋、五子棋等都会给孩子的生活带来全新的色彩。孩子可以从中找到乐趣还能锻炼他们的逻辑思维能力。

### 技巧型玩具

钓鱼玩具、画板和画笔、投球、套圈等玩具，有助于孩子锻炼小肌肉群及机体协调能力。

### 体育玩具

如跳绳、毽子、沙袋；各式各样的球；任何能激发孩子跑、追、摇、能扑上去、能跳起来的玩具。

## 七、互动游戏

**玩具名称：空间感积木**

玩具特点：培养孩子对物体形状以及所处空间位置概念进行专项开发、培养训练的玩具，为了让孩子更容易接受，由浅入深特别加入了 32 款谜题游戏，并以直观的提示卡片形式出现在孩子的面前，以形象直观的游戏方式进行，也可以和家长一起互动。

玩具玩法：按照图片上的样子拼摆相应的图形（见图19)。

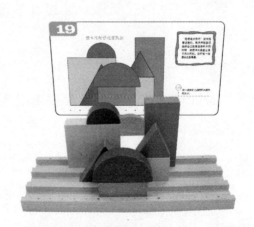

图 19